万平BOKS

1

MANPEI BOKS

目次

本書は北村想の未発表ないし未刊行の戯曲・小説を出版するシリーズ「万平ＢＯＫＳ」（まんぺいボックス）の第一巻である。

戯曲本文中の台詞は〝「〟で始まるが、文末には〝」〟をつけない。また、直接話法箇所は〝／〟でその前後をくくっている。著者特有の戯曲文体である。

シラの恋文

唱歌のごとく春の小川はさらさらと流れ、ホトトギス鳴きて夏は来ぬ。川柳に曰く夕涼みよくぞ男に生まれけり、小さな秋の赤蜻蛉を辻にみて、山々紅葉に染まる。里山に白きもの散らつき、囲炉裏を囲んで雪解けの音を聞けば、梅が、桜が開花する。そのような身にもココロにもはっきりとワカル四季が、次第に過去の出来事になってしまいnostalgicな昔話の語り種に変じて久しくなった世界が昨今。季節は五月あたりから九月あたりまでを夏の様相と呼ぶに相応しくなり、残りの三季は七ヶ月のうちに判然とした肌触りも無いままにあしらわれて、いよいよ地球の大地、自然が短間氷河期を受け入れる覚悟をみせ始めたそんな時代のこと。惨禍COVID-19ようやく収束しての平穏も束の間、COVID-19に隠れてメディアも取り上げることのなかった結核（tuberculosis・テーベー）が、災厄の終息に胸撫で下ろしている人類に、菌耐性を倍加させ、さらに進化して牙を剥き出した。COVID-19のために多く新設された病院や療養所の幾つか、地勢的利点の良い施設は結核療養のサナトリウムに変容して残存されることになった。

と、この物語はその状況における堅苦しい医療ドキュメントなどではナイ。いつ、どんな時代でも、男と女が科目であり類であり性である限り変わらぬものに、恋慕

（roman）の愛憐劇（drama）があることの証左の如き物語である。ＣＯＶＩＤ-19伝染病蔓延の国土において、観光旅行を国家的に推奨したこの国の無知蒙昧の徒は、愚の骨頂、ときの結核患者の療養の者に心身練活運動として剣道（剣術）を推奨した。

ときにグレゴリオ暦（西暦）二〇三五年のことである。

登場人物

鐘谷志羅（かなたに・しら）……四十五歳、新参の療養者、職業はいわゆるゴースト・ライター

野浦小夜（のうら・さよ）……二十五歳、療養者、サナトリウムには三ヶ月前から

市ヶ谷忠世（いちがや・ただよ）……牧師にして、サナトリウムの副院長を務める医師。年齢不詳、陰《かげ》流二刀の使い手で、因ってかどうか両刀使い

伊藤湯之助（いとう・ゆのすけ）……呉念峠〈俗称五年峠〉サナトリウム院長・還暦を迎えた。北辰一刀流を使う、なかなかの人格者だが、彼もひとの子

小野寺美紀（おのでら・みき）……療養者、小夜の友人

信玄亭万蔵（しんげんてい・まんぞう）……三十五歳、療養者、国立大卒、専門は物性物理ながら噺家にして〈輪廻転生の恋理論〉の提唱者

橋場栄子（はしば・えいこ）……看護師、三十歳半ば

菊地百恵（きくち・ももえ）……療養者、三十代後半、シングル・マザーだったのだが

真金次郎（しん・きんじろう）……療養者、五十代、いわばサナトリウムの古株

青山良平（あおやま・りょうへい）……療養者、二十代、作家志望らしい

〔作者注：サナトリウムは、結核療養施設を指す。ここでいう〈院長〉とは、サナトリウム内病院の最高責任者のことだが、殆どは、療養所々長、主任を兼任しているので、単に院長と呼称される〕

※本文中、英語での表記が多くあるが、日本語発音でヨイ。漢字、かな、カタカナ、英語表記と、作者としてはそれぞれ転じて書くにあたり少々感覚的なニュアンスは変えている。

1

晴れた日は　水平線と　海ばかり

ゆっくりと土堤《どて》を上がって来る男の帽子が見え、やがて顔、肩、胸、腰、足、その姿がすべて視界に入ると、jacketとshirt、ベルボトムのズボンの生地から、季節の様子がワカル。帽子だけが何の理由かテンガロンなのだが、これにはちょっとワケがある。

土堤に立った男はやや古めかしい手提げの旅行鞄を置いて、ベルトに挟んであった手拭いを引き抜くと額の汗を拭った。

男の眼球には水平線によって空と分かつ海が映っている。男、鐘谷志羅という。

鐘谷志羅　「ここからは海がみえるんだ。（やや感動しているようだ）
／ここからが海はイチバン美しくみえる／。

と、そういったのは、土堤下で、いままで畑仕事をしていたのか、鍬を置いて煙管に一服つけたところの初老の男性、この施設の院長で、伊藤湯之助だ。

他にも二人、作務衣の男性が畑の草ひきをしている。

下手の（呼び名は作者の植物に対する無教養のためワカラナイが）樹木にひとがもたれている。詰め襟の前部分にキャットカラー、全身が藍色もしくは黒の装束から神職だということがワカル。襟から覗くカラーは、かつてはカトリック特有のものだったが（カトリックは首全部を回すドッグカラーになる）いつからかクリスチャンも着用するようになった。（カトリックは正統と訳され、他のキリスト教徒はクリスチャン或いは広義に異端の意味を含んでプロテスタントと称される。そもそも、黒装束着用自体がクリスチャン牧師の義務ではナイ。この長身痩躯の男がさらに白衣を羽織っているのはこの施設の副院長でもあるからだ）。

伊藤湯之助「（煙管をみせると）ここでしか喫えないもんでね。新参のひとだな。
志羅「（と、男と、他の二人に初めて気付いたらしい）あっ、はい、そうです。今日からこのサナトリウムにお世話になります。鐘谷志羅と申します。
湯之助「カナタニ・シラくんか。院長をしている伊藤湯之助だ。ゆうのすけじゃないぞ。むかし、よく似た名前の有名な映画俳優がいたが、私は湯之助だ。

志羅「鍬をお持ちですね。

湯之助「土堤下の一帯に畑を造っている。人参、大根、牛蒡、ジャガイモ、玉蜀黍に莢豌豆《さやえんどう》、柑橘類なら蜜柑が穫《と》れる。他にもいろいろ収穫はあるよ。毎年収穫祭もあるからなあ。

志羅「患者のみなさんも、畑をおやりになるんですか。

湯之助「ああ、やるね。それときみ、ここでは患者という呼び方はしないんだ。療養者が正式だが、日常的には利用者さんと呼称している。そっちの御方は(と、皮肉を交えて樹木の下の男を穿つ)、

黒服「市ヶ谷です。ここでは医師と牧師、利用者の方々の生きる手伝いと、天国への導きの両方を担当している、御方、です。(細い紙巻を銜える)

利用者さん二人の挨拶がある。

真金次郎「利用者の金次郎です。ここのベテラン利用者です。ははは。

志羅「(頭を下げる)新参です。よろしくベテラン。

青山良平「青山良平です。まだ二十代半ばです。いまは野良仕事をヤっておりますが、ほん

とうは作家志望です。ペンネームだけは五つかんがえてあります。塵芥良之介、直木三十、山本大五郎、村上圭吾、音野風《おとのふうけい》Ｋ、Ｋはalphabetのkです。いいでしょ。作品はまだ一つも書いてナイんですけどね、ペンネームが勝負ですから。alphabetというのは、ギリシャ文字のアルファからベータまでっていう意味なんですけど、

金次郎「もういいよ。つまんねえし、長いよ。

志羅「二十代ですか、私はもう四十五《よんとういつ》つです。

金次郎「へーえ、よんとういつつ、四十五歳か。若くみえるナ。羨ましいね。とはいえども、きょうからは明日をも知れぬここの利用者さんだ。

志羅「はい。利用者、ですね。入所の申告書を書いたときに役所の係の方にここはそんなふうに呼称されていると聞いた記憶があります。剣術のほうはここでも、

湯之助「ヤっとるよ。畑をやるほうが、棒っきれでヤットーッなんてのをやるよりイイとおもうんだが、どうも役人、政治家のかんがえることはワカラン。ＣＯＶＩＤ-19（ＣＯＶＩＤ-19は「コロナ（Corona）」、「ウイルス（Virus）」、「病気（Disease）」という単語と、この病気がＷＨＯに報告された「二〇一九年」の組み合わせでできている。発音の場合は、kóuvid naintí:n、コォウビードナインティンで、湯之助は医者だから、コロナとはいわずにＣＯＶＩＤ-19を使っているが、発音は、コビドイチキュウになっている）のときは観光旅行を大がかりに推奨したし、

今度は結核のサナトリウムで剣術をやれとは畏れ入るよ。きみ、棒を振れるかね。

志羅　「私の場合は、実家が昔からの剣術道場でしたから、子供のころから祖父に仕込まれたもので、とくに苦にはなりません。

湯之助　「ほおっ、道場ね。本格的だな。流派は何だ。

志羅　「上弦一刀流です。（『大菩薩峠』の机竜之介は甲源一刀流。ちょいと変えないと著作権がネ）。

湯之助　「上弦一刀流というと、ウエ、シタの上に弓の弦と書くあの流派だな。構えは弓手《ゆんで》（左手のこと）八相かね。

志羅　「ええ、ふつう八相は右上段なんですが、上弦一刀流は左になりますね。ちょうど、野球でいえば、左バッターというところです。よくご存知ですね。

湯之助　「この歳になれば、いろいろ医学以外にも覚えることはあるよ。

志羅　「院長、流派のほうは。

湯之助　「ポピュラーな北辰一刀流だ。

志羅　「そうですか。いつかお手合わせを。

湯之助　「どっこい、私はこいつ（鍬を握って）のほうがイイもんでね。

志羅　「（ふり向いて）あの山は結構高いですね。冬は積もりますか。

市ヶ谷　「（山を観もしないで）地球は二〇二一年から寒冷期に入っているらしいね。従ってあっという間に真っ白になる。ああそうか、ひょっとしてきみはスキーもやるのか。

志羅「ええ、やります。滑りたいな。（湯之助に向いて）私はいつ頃サナトリウムから解放されるんでしょうか。

湯之助「解放ね。さあ、難しいね。今度のテーベーはなかなか手強い。COVID-19を食って進化したなんて説もあるくらいだ。

志羅「コロナウイルスをですか。テーベーの菌耐性はupしているとは聞きましたが。

市ヶ谷「野口英世は黄熱病の菌をやっつけるのに、梅毒、スピロヘーターの菌を用いたという、たぶんそれは作り話だろう。かの偉人のエピソードには詐話が多いからナ。しかし、COVID-19の終息にはテーベーのバクテリアが関係しているという説は医学誌に発表されている。こっちのほうは信憑性がありそうだ。結核はネ、現状、日本は、人口十万人に対して毎年五十人近い発症者がある。そこまで増えたんだ。途上国でもないのにこれは世界一のペースだな。とはいえ、最初はごくふつうの健常者並みの生活が出来る。いまのきみのようにだ。それがいつまで続けられるかだナ。そのうち、脊髄が侵されると歩けなくなる。Karies（カリエス・独）さ。寝たきりだ。そうして、息を引き取るまでに早ければ一年、長く踏ん張れば五年。これが毒性の強くなった現在の結核菌というモノだ。残念ながら菌耐性に阻まれて抗生剤の開発に時間がかかっている。我がサナトリウムが開設されてから八年、きみがいま登ってきた坂道を生きて戻っていったものはまだいない。

志羅「(さほど、驚愕もしていない) おもったより、たいへんだな。

湯之助「(こやつ、覚悟が出来ているなと志羅の表情を読み取って) 貴君が最初のそのひとになってくれるとありがたいネ。

志羅「ええ、きっとあの山の新雪を滑降してみせます。

と、若い女性の話し声と笑い声、いわゆる嬌声という愛らしい声が近づいてきた。
野浦小夜と小野寺美紀だ。

美紀「いやあ、やっぱし、ここから観る海がイチバンやねえ。

小夜「ほんとね。綺麗だわ。

美紀「天気もええし、ここでなら、いつ死んでもかまへんわ。(軽いね)

小夜「(真面目に) 私は生きて還るわよ。

美紀「冗談、冗談。もちろん私も、ゾンビになっても還るから (と、跳ねてみる)

小夜「それは、キョンシーでしょ。

二人笑う。

湯之助「かしましいね。

美紀「湯之助センセ、きょうもお百姓さんですか。みなさんも。

湯之助「そんなところだ。

市ヶ谷「私は違いますよ。百姓なんてやりません。海のみえる憩いの丘で、風と戯るです。

志羅、軽く会釈する。

湯之助「(志羅をみて、小夜、美紀に)彼は今日着いた新参の、志羅さんだ。

志羅「鐘谷志羅です。

このとき、小夜と志羅の目が合った。ふつうなら挨拶をするところなのだろうが、二人とも何が理由か表情を凍りつかせた如くだ。つまり、黙して動かず。見つめ合ったままになった。少々、変だ。もちろん、せりふを忘れたと思われるとタイヘンなので、音楽か sound・effect はある。

湯之助「おいっ、どうかしたのか。（と双方にいいつつ、もちろん異変には気がついた）
美紀「（ちょっと驚いて）小夜さん、あのひと、知り合いのひとなの。

依然として二人とも微動だにせず。
良平も金次郎と顔を見合せ首を傾げている。

湯之助「志羅くんっ、鐘谷志羅っ、（呼びかけた）
市ヶ谷「（駆け寄った）小夜くんっ。野浦っ。（小夜の肩を揺すった）

これでヤっと両者とも我に還ったらしい。

志羅「（驚いた顔で）えっ、あれ、どうしたのかな。（軽く息を吐くと、姿勢を正して）えーと、鐘谷志羅と申します。きょうからここにお世話になります。
小夜「小夜です。野浦小夜です。（こちらはまだ、いささか虚ろだ）
志羅「小夜。小さな夜と書く小夜ですか。

小夜「はい。

湯之助「様子が妙だが、お二人さん、何かワケアリの知り合いなのかい。

志羅・小夜「いえっ、まったく。

志羅「ほんとに、どうしたんだろ。ふっと気が遠のきました。

湯之助「そうか。いや、ちょっと驚いたナ。

美紀「ほんまや、二人してfreezeやもん。まるで何年かぶりに再会した恋人みたいに。

小夜「あの、

志羅「はい。

小夜「初対面ですよね（やっと意識がもどっている）私たち。

志羅「ええ、もちろん。

志羅・小夜「でもっ、

志羅「失礼。どうぞ。

小夜「いいえ。あの、何処かでお会いしたとか、は、

志羅「無いと思います。いや、そうでもナイというか、すいません、うまく説明出来ないので、また折りをみて。

小夜「はい。私もお訊ねしたいです。

美紀「(湯之助に) センセ。

市ヶ谷「パニック障害の一種かな。二人同時に何かショックを受けたようにみえたけど。

湯之助「瞬間健忘症という突然ものを忘れるという症例はあるが、みつめあってfreezeするとはね。

良平「そうそう、なんだか山田風太郎先生の名作、『甲賀忍法帖』の朧と弦之介みたいでしたよ。

美紀「オンボロに元気なスケベ、なんやのそれ。

良平「朧と弦之介というのは、これはもうスゴイんです。あのですね、

美紀「(良平のコトバを遮って) ストップ、ごめん、後から聞くね。(志羅に) 自己紹介が先やもんね。あの私、小野寺美紀です。京都の生まれです。

良平「おい、なんだよ、せっかく、

志羅「京都ですか。私は東北です。東北は青森の南部 (南部藩のあったところ。南方面ではナイのでIntonationに注意) です。

小夜「私は東京、浅草です。生まれて二十五年ずっと東京でした。

志羅「二十五年。二十五歳なんですか。さっきは十五歳くらいにみえたものですから。

小夜「えっ、十五歳に。

美紀「いくらなんでも十五歳は、
良平「無理、ムリムリ。
志羅「はい。そうですね。でもさっきはほんとに十五歳にみえたんです。
小夜「どうしてかな。（独り言のように）十五歳か。そんな少女に。
美紀「ああ、もう私たち戻ります。（小夜に）ねっ、小夜さん、もう、行きましょ。
小夜「ええ、そうね。

二人、背を向けて遠ざかる。良平、金次郎も湯之助に頭を下げると、戻っていった。良平は金次郎に『甲賀忍法帖』の説明をしているが金次郎は熱心に聞いているワケではナイ。

市ヶ谷「院長、私もこれで。どうも野浦小夜の様子が心配なので。（去った）
湯之助「（暫し、視線で見送ると鍬を握って）で、志羅くん。
志羅「あっ、はい。
湯之助「十五歳にみえたというのは、きみと小夜くんみつめあっていた間《あいだ》だな。
志羅「ええ、そうですね。

湯之助「その辺に、さっきの椿事の理由が潜んでいそうだね。彼女の顔立ちに何か関係があるのかなあ。

志羅「そうなんでしょうか。

湯之助「何か、心当たり、ヒントになりそうなこととかはナイのかね。

志羅「あるといえば、青森の祖父の道場に暮らしていた頃です。たぶん、五歳だったとおもいます。

湯之助「五歳、今度は五歳か。五つのときだね。

志羅「ですから四十年も前になりますね。テレビドラマで少年連続時代活劇というのがあって、大好きで観ていました。タイトルは失念しましたが、そのヒロインが、前髪の少女剣士で、実はある国のお姫さまなんですが、その少女剣士が十五歳という設定だったような記憶があります。十五歳の女性とはおもえない上手い殺陣でした。

湯之助「なるほど、その少女剣士が、小夜くんと瓜二つだった。それで、ビックリ。ひょっとしてそういうふうなことかナ。

志羅「かも、知れません。そのヒロインに憧れていたことはマチガイありません。

湯之助「幼い恋だったんたな。相手はテレビの中の少女剣士。よくあることだ。その女優さんが当時ほんとに十五歳あたりだったとして、現在はすでにきみよりずいぶん年上だな。

志羅「そのかたは交通事故で二十歳のときに他界されています。

湯之助「ほう、そうなのか、この世のひとではナイのか。

志羅「そうです。それと、少女剣士のほうは小夜姫という役名でした。

湯之助「なるほど。（ちょっと首を傾げたか）しかし変だな。志羅くんのほうの理由はなんとなくワカッタが、野浦小夜のほうはどうしてきみのことをあんなにみつめたのかな。

志羅「たしかにそうですね。何故でしょう。変ですね。

湯之助「ひょっとすると、小夜くんときみとは幸運な出逢いをしたのかも知れないね。

志羅「（ちょっと驚いたか、怪訝なふうだ）幸運な出逢い。それはどういうことですか。

湯之助「このサナトリウムにね、国立大学の理数系、物性物理といって、物質の性質を研究する物理学の学科を卒業しながら落語家になった奇特な御仁がいる。信玄亭万蔵というんだが、彼の卒論のタイトルが『ニュートン力学における時間の生成と輪廻の恋』だ。

志羅「目が回りそうな題名ですね。でも、「輪廻の恋」とはromanticですね。

湯之助「中身は恋愛論みたいなものらしい。さっきの詰め襟、ここの副院長の市ヶ谷くんなどは鼻で笑っているがね。その物理学者の感想でも聞くとイイかな。

志羅「そうですか。ともかくここが海も山も綺麗なところで良かったです。（と、まるで、何もなかったかのよう思い込むことにしたのかも知れない）故郷によく似ています。

志羅、口ずさんでみるは、『南部牛追唄』。（南部藩（のちの盛岡藩）は現在の岩手県、青森県・秋田県の三県にまたがっており、広域だが農作物には恵まれなかった。砂金、紫紺、良馬の産地で南部藩名産の南部牛は「赤べこ」と呼ばれ、『南部牛追唄（牛方節ともいう）』は牛での荷物運搬や放牧時などに唄われていた）。

〽田舎なれども　サァーハーエー　南部の国は　サァー
西も東も　サァーハーエー　金の山　コラ　サンサーエー

2
うたた寝で　テンガロンが　語らせる

翌日らしい。

同じ場所。土堤下の畑。

志羅は畑の間で昼寝しているようで、テンガロンも何処かに転がってしまっているようだ。

看護師の橋場栄子がやって来て、辺りに人の気配の無いことを確かめるような仕種。

それから海を暫し観ていたが、その海になにやら急いで背を向け、しゃがみ込む。とはいえ「花摘み（野外放尿）」ではナイようだ。

この施設の看護師コスチュームは、ナースキャップなどなく、薄い紺色の半袖シャツに同じ色のストレートレッグだ（みたいなもので構わない）。

栄子「(何か、し終えたのだろう。肩で息をすると海に向いた) いつみても、

志羅「(いきなりムックリ、そのコトバを引き取るように) 綺麗ですね、海。やっぱりここ、いいですよね。ついついうたた寝してしまいました。

栄子「(ちょっとびっくりした) あら、えーとたしか新参の利用者さんね。そうだ、鐘谷さんだ。こんなところでお昼寝だったの。

志羅「おなかがいっぱいになると眠くなる。胸を病んでいるというのにどうして健康的なのかな。オムレツが美味しかったからついつい食べすぎた。えーと、テンガロンは、風で転がったかな。(あたりを探して、すぐにみつけ、頭に置くが、何かチガウものも拾ったようだ) 昨夜の晩御飯のシチューの肉も柔らかくて美味かったけど、ここのシェフだか、食事担当の方は優秀ですね。

栄子「ええ。利用者さんはまず食べないとね。抗生剤は体力の消耗を伴いますから。

志羅「看護師の橋場栄子さんでしたよね。この畑にはよく来られるんですか。

栄子「ん、うん。ちょくちょくね。息抜きね、そう。さて、息抜き終了。仕事にもどると、

志羅「(手のひらに何か差し出して) ああ、これ、テンガロンの近くでついつい拾ってしまいました。医療用のアンフェタミン・ポリアンプ (ポリエチレン製の筒。アンプル同様に先端を割るがガラス製でないので安全) ですね。

栄子「えっ、あら、そうね。(思わず自分のポケットに手がいく、が慌てて動作を止めると) そうね、誰かしら。ダメよね。預かっておきます。(もちろん、やや取り乱している)

志羅「やはり、利用者さんには使用されるんですか。

栄子「ええ。末期のね。痛みもひどくなるから。モルヒネと一緒に。

志羅「栄子さんの痛みは何ですか。

栄子「えっ、
志羅「院長の湯之助doctorが、煙管銜えて、ここでしか喫えないんだよって苦笑いされていたのが昨日。たしかに胸を病んでいるひとばかりだから、館内に喫煙所なんかありません。でも、医療用でもアンフェタミンはたぶん持ち出しも出来ない。

栄子「(覚られたかとカンネンして、フーッっと息を吐くと) やっぱり作家さんは鋭いのかな。志羅さん、あなたの問診表に職業は著述業とありましたが、どんなジャンルを。

志羅「ジャンルか。(苦笑して) 著作なんてナイんです。

栄子「えっ、
志羅「ボクは (ときどき私がボクにもなる) ゴースト・ライターですから。

栄子「と、いうと、幽霊なのあなたもう。

志羅「ボクは生きていますよ。職業がゴーストなんです。歌手やタレントさんで出版される方、多いでしょ。ブレイクはしたけれど、何か文章を書くとなると拙《つたな》いという方は多いんです。昨今はＳＮＳが盛んになりましたけど一冊のホンとなるとね。それを代わりにボクが書くんです。著名人のエッセーとか、自叙伝とかを、その方が書いているということにして面白おかしくにです。ボクの場合は所帯を持ったことはないし妻子はアリマセンから幽霊でなんとか食っていけるんです。

栄子「立派なお仕事じゃありませんか。幽霊だなんて。

志羅「立派かどうかはワカリマセンが、私の書くものは嘘といってしまえば嘘です。けれども、人の記憶や思いなんて何処から何処までがほんとなのか、かんがえだしたらキリがありません。ほんとのことより正しい嘘だってありますよ。

栄子「私がポリアンプのお世話になっているのはね、コロナ騒ぎの頃からなんですよ。ここの院長にすすめられて。当時は医療現場が一緒でしたから。ともかく最前線の現場ではアンフェタミンを使わないと立ってもいられなくて、患者さんを診ることの連日の仕事は激務でした。地獄でした。ベッドなんてほんとは空いているんです。人口呼吸器も余っている。でも、それを使える医師や看護師がいない。これも嘘。医者はいるんです。治療薬だって何種類もカクテルして使ってましたね。医療システムがね、この国の医療はもともとが医療崩壊しているんです。ついつい、いえ、それが当然のように医療用のアンフェタミンを打ってました。アンフェタミンは食欲が無くても食べるか、栄養点滴を補給すれば中毒、依存にはならない薬品です。けれどやがてアンフェタミンだけでなくモルヒネを使うようになります。これはもう後戻り出来ません。アヘンですからね。阿片の抽出精製薬剤ですから。私なんてダメな依存症の看護師ですよ。海を観ると、恥ずかしいなあと悲しくもなります。（と、ふっと我に還ったかのように）あらっ、こんなこと喋るんじゃなかった。どうしたのかしら、口が滑っちゃったワ。

志羅「それね、きっとこのテンガロンの力ですよ。

栄子「その帽子の、

志羅「祖父の遺品です。祖父は若い頃こいつを被ってテキサスにいたそうです。そこで、native（ネィビー・原住民・土人＝土着民、その土地の人）にいわれたことをそのままいうと、／トゲの無いサボテンよ、その帽子はタイセツにしなさい。その帽子はひとのココロを開いて聞いてくれるだろう／。トゲの無いサボテンというのはお祖父さんに付けられた呼び名です。

栄子「そのテンガロンが秘密にしていたことを喋らせたのね。

志羅「秘密や痛みなんて誰にでもありますよ。きっとあの海にだってそれなりの痛みはあるはずだと、ときどきそんなふうにおもうときもあります。

二人、暫し、海をみるが

栄子「／地球は青かった／。そういうコトバがあるでしょ。宇宙から地球をみると海はとても、とても青いんでしょうね。でも、青色は哀しみの色にもなるわ。海の痛み。きっと大きな痛みなんでしょうね。だって海は大きいもの。哀しみだってきっと大きいワ。なんちゃって。じゃあ、今度はほんとに就労、労働、仕事にもどります。

栄子、去った。

志羅「(テンガロンを両手で持つと) あのひとはダメな看護師じゃナイ。頭がイイ。それにとても真面目だ。そうなんでしょ、テンガロンの祖父どの。

と、小夜が姿をみせる。

小夜「やっぱりここだ。おもったとおり。

志羅「あっ、野浦さん。どうも昨日は失礼しました。（テンガロンを頭に）

小夜「院長からハナシはちょっとだけ聞きましたけど。doctorは首を傾げてらしたけど。みつめあってfreezeした理由。あのハナシはほんとのことなんですか。市ヶ谷さんなんか、牧師さんですから／悪魔の仕業か悪戯です／なんて仰って。

志羅「テレビドラマの少女剣士への幼い恋慕のことですね。ほんとのことです。たぶん私の初恋は五つのときのテレビの中の少女剣士なんです。

小夜「それがあのときの私ですか。みつめあったときの。

志羅「そうなんでしょうね。いい年して恥ずかしいです。

小夜「いいえ、ちっとも。ちっとも恥ずかしいことなんてナイとおもいます。なんだかromanticなほどです。ありがとうといいたいくらい。けれども、どうして私のほうまでfreezeしたのかしら。ほんとになんだかとても強くromanticになったことはたしかなんですけど。突然、恋をしたような。えっ、なんだか私、ぺらぺら喋ってますか。

志羅「テンガロンのせいですよ。

小夜「テンガロン（よくワカラナイので話題を変える）。あっ、そうそう、作家志望の良平さんがいいたそうにしてらしたけど、『甲賀忍法帖』の朧と弦之介って小説のハナシですよね。

志羅「『甲賀忍法帖』ですね。一九五八年から一九五九年雑誌連載の山田風太郎さんという作家の作品です。忍術とはいわずに忍法という呼び方を定着させたのも、このシリーズ小説です。作者の山田風太郎さんによると、風太郎さん自身が「忍法」という言葉を最初に見たのは吉川英治作品だそうです。ストーリーは単純なんです。ときの権力者の跡継ぎを決めるため、甲賀と伊賀の忍者が十人ずつで闘うというものです。朧は伊賀の頭目、弦之介は甲賀の党首、二人は敵どうしなのに互いに慕いあっているんです。

〔作者注：「忍法」は吉川英治さんの『鳴門秘帖・上巻』に確かに出てきます。伝奇小説で、主人公が隠密の甲賀忍者、法月弦之丞という名であるところから、風太郎さんの「忍法帖」はこの吉川文学にヒントを得たとおもわれます〕

小夜　「（ちょっと笑う）まるでロミオとジュリエットですね。

志羅　「（つられて微苦笑しつつ）そうですね。二人とも人を睨む術を使うんです。

小夜　「ええっ、睨むんですか。

志羅　「つまり、どっちも眼に特殊なチカラを持っているんです。朧の眼のチカラは相手の忍法を無化してしまう、打ち消してしまう術です。弦之介の眼のチカラは相手の術を逆に相手に送り返してしまうんです。

小夜　「朧の術は相手の術を無化、打ち消してしまう。弦之介の術は相手の術を送り返す。

志羅　「ええ、もし、この二人が互いに自分の忍法の眼のチカラを使って、睨み合ったらどうなるとおもいます。
小夜「えっ（と、首を傾げて）あらっ、どうなるんだろう。同時に術を使ったとして、朧が、弦之介に使った術は弦之介の眼力が無効になる術でも、弦之介はこれを朧に送り返して朧の眼力は無効になる。けれど、その前に弦之介の眼力は無効になっているはずがだから、朧の術を送り返すことは出来ない。んだけど、朧の術が送り返されてきているとしたら、ああなってこうなって、あっちいってこっちきて、あららっ、マチガッテいるかも知れませんけど、けっきょく、何も起こらないでみつめあうことになるんじゃナイかしら。
志羅「そうですよね。そうなるとおもいます。残念ながら『甲賀忍法帖』のロミオとジュリエットはそんなふうにはなりませんでしたが。
小夜「そうなのか。みつめあうんですね。昨日の私たち、もしかしてそんなふうに湯之助院長や市ヶ谷牧師にはみえたのかしら。
志羅「さあ、どうなんでしょう。
小夜「不思議なチカラで、みつめあうのか。
志羅「ええ、不思議です、とても。でも、どうして小夜さんは私をみつめたのですか。
小夜「（答えず、志羅を見つめる）

で、暫しみつめあってしまうが、

志羅「(ハっとして視線を逸らす)野浦さんは、いつからこの施設に。

小夜「(こちらも目を逸らして)あっ、はい。このサナトリウムは三ヶ月ばかりになります。未だに体調が悪いことはありません。まだ剣術だって出来ますよ。自分でも、何処が病気なんだかぜんぜんワカリマセン。それから、野浦でなくて、小夜でけっこうです。

と、背中に二振り木刀を背負っていたらしい(持っていてもヨロシイが)。それを差し出して、

小夜「どうですか、一太刀。お相手願えますか。

志羅「(軽い気持ちで)そうですね、ちょっと目覚まし代わりに。(と、木刀を一振り借り受ける)

小夜「いいえ心身鍛練です。(中段から青眼に構えた)

志羅「(同じように構え)小夜さんの剣には何か流派はあるんですか。

小夜「いま、ご覧にいれますわ。(右手が柄を離れて、中空に拳をつくる)

志羅「その構えは。

小夜「はい、気がつかれたとおり、その、構えです。（拳が柄を軽く打った）

柄の根付にも、小夜の手首にも飾りに鈴などは無いのだが、シャラーンと鈴の音が聞こえた。

いや、響いたといっていい。

志羅「それは、吉霞清伝風流抜刀術（kiikashinden fryu batoojutsu）、秘伝鈴の音、何処でそれを。

小夜「志羅さんがご覧になっていたテレビドラマの中で小夜姫が使った剣法です。

志羅「ええ、たしかにそうでしたけど。（と、弓手上段に構えが変わる）でも、小夜さんがどうしてその剣法を。

小夜「志羅さんは弓手上段八相の構えですね。

志羅「（少々侮ったかと反省はしたが、ワカラヌまま）寸止めにて願います。

と、わざとではナイのだが、志羅の振り降ろす一太刀は空を舞い、小夜の太刀はそのまま志羅の右肩にストンと乗った。

小夜「手を、

志羅「抜いたワケではありません。手加減はありません。「鈴の音」の前ではこちらの太刀筋は無効化される。朧の忍法と同じです。その剣法はあのテレビ活劇どおりです。でも、それを何処で。

小夜「(木刀を納めると）昨日、知ってのとおり、私はここで不思議な体験をしました。何かしらが稲妻のように私のカラダを通り抜けました。私はたぶん昨日のあのときも、今しがたも、あなたが幼い頃にご覧になったテレビの活劇の少女剣士です。ですから、秘伝「鈴の音」が自然に使えたのです。

志羅「どういうことですか、それは。

小夜「私自身にもワカリマセン。ただ、志羅さんとみつめあったいま、私は少女剣士小夜姫でした。

志羅「小夜姫に。

小夜「志羅さんと視線が交差したとき、私は小夜ではなくきっと少女剣士小夜姫になるんですわ。こんなこと云うと市ヶ谷ドクターは笑うだろうけど。

志羅「あなたは私の観たテレビドラマのことはご存知ナイはずなのに。不思議だな。

と、このときだ。
ねんねこのように座布団を背負い、丸刈り頭のおそらく利用者さん、信玄亭万蔵らしき男が二人に声をかけた。

信玄亭万蔵「牧師風情には笑わせておけ。それが恋というものだ。世の中の恋という恋は、輪廻のなせる業である。てなことを卒論に書いて、ともかく卒業はさせてやるから、もちっとマトモに物理学を考えよと、追い出されるように大学を出た私は、もう世の中が煩《わずら》わしゅうなって、いっそバカバカしいお笑いをと、落語家になったのだが、未だに物性物理はビッグバンからこっちの宇宙のことがワカライでおる。院長と市ヶ谷から聞き及んだ此度の新参さん登場と小夜さんのハナシはなかなかオモシロウて、腰が抜けそうにもなるわ。

志羅「あの、あなたは。

小夜「私より前からここの利用者さんの、噺家さんの、

信玄亭万蔵「信玄亭万蔵と申します。物性物理とは、医学でいえば、病理学や薬理学、哲学でいえばカント以前のアリストテレス哲学。こんにゃくをなんぼ叩いても日本刀にはならんということを証明する物理学。

志羅「ああ、そういえば、そんなひとがいると、湯之助院長が、小夜さんっ、
信玄亭万蔵「いうておったか。じゃあ、自己紹介は終いだ。
小夜「はい。
信玄亭万蔵「あんた、その新参さんに恋をしているのですね。
小夜「そんな、いくらなんでも昨日逢ったばかりなのに。
信玄亭万蔵「そら、そうだろうて。しかし、昨日とか今日とか過去や未来とかいう〈時間〉の存在はビッグバン以降のことだからな。新参さん、まあ、聞きなさい。つまり、時間や空間みたいなものが出来たのはビッグバンの後からということです。
小夜「その前は何だったんですか。
信玄亭万蔵「そんなこと知ってどうするというのじゃ。そんなもの知っているものなど誰もおらん。ここはニュートン力学の牛耳る自然世界。奇妙奇天烈、奇怪至極、量子力学の自然世界も、物性物理の分析を待たずして同時に存在しておる。さらにっ、たまあに量子力学の自然世界が大手を振って世界に君臨するときが在る。そこに輪廻も恋もある。
小夜「輪廻って、あの輪廻転生の、
信玄亭万蔵「その輪廻だな。輪廻はその文字の如し、つまりは輪っかが廻っているだけじゃ。その証明が恋というものでね。輪と輪が重なる。この宇宙には輪がいっぱいあるのです。

その輪が重なることを物理学の世界、とりわけ量子物理の世界では、状態ベクトルと申しまして、宇宙の波が純粋状態だったら、輪と輪の重なる確率は高くなる。そうしてそれは時間も空間も蹴っ飛ばしてしまう。とりわけ恋のエネルギーはビッグバン顔負けに強いときている。はやいハナシ、そんなバカなとしかいいようがナイことが起こる。いいかね、よおく聞きなさい。私が知っている限りの情報を分析すると、新参のこの御方と小夜さんが出逢ったとき、双方の輪の重なりは五つの幼き童《わらし》と十五歳の少女剣士小夜姫になった。つまり、輪廻邂逅したのだな。

と、突然咳き込むと、血を吐いたようだ。で、その場にうっ伏す。

志羅「あっ、万蔵さんっ。

小夜「噺家さん。

二人、信玄亭万蔵を抱き起こす。

信玄亭万蔵「こなくそっ、胸の中がえらい大火事になっている。

小夜「病棟のほうへ、

志羅「わかりました。そうしましょう。

信玄亭万蔵「(もはや独り言だ)収束点列、自燈明、極限ぞ知るや輪廻の果ての果て。

ともかくも、信玄亭万蔵さん、二人に運ばれていった。

3

月冴えて　鏡とみえし　水面《みなも》かな

夜。
海に月が浮かんでいる。
同じ場所。
志羅ひとり、海を観ている。

志羅「（歌ってみる。まるで小学校唱歌のような歌だ。作詞、作曲は北村想）
〽海に出た月　山に出た星
どちらもきれい　わたしは好きよ
波のゆらめき　森の木の影

どちらもきれい　わたしは好きよ

と、女の声がする。菊地百恵、まるでアイドルのような名前だが、そんな風貌ではない。軽く煙草を銜《くわ》えている。

百恵「その歌って、むかし小学校で習った気がするわ。（と、けだるいが暗くはナイ）

志羅「えっ、

百恵「こんばんは。現れたのが可愛い小学生じゃなくてがっかりしたかしら。といっても狐《こ》狸《り》やお化けじゃナイから安心してね。

なるほど、着衣は女性用の作務衣だ。しかし羽織っているcardiganは艶やかにみえる。

志羅「はい。この歌は私も幼い頃に聞いただけなので、

百恵「その歌の三番はね、たしか、

〽川のせせらぎ　野辺のたんぽぽ　どちらもきれい　わたしは好きよ

だったかな。

志羅「ああ、そんなふうでしたね。

百恵「びっくりしたでしょ。こんな夜に女が煙草銜えて現れて。私、菊地百恵。ここはもう一年になるわ。あなた新参のかたね。あのさ、私の名前ってさ、うんとむかしの超アイドルからとって付けたらしいの。百恵だよ。いっそ悶えのほうが良かったかな。ははは。

志羅「ここには煙草を喫いに、

百恵「そう。この場所でしか喫えないからね。私はね、コロナのときはシングル・マザーだったの。風俗でしか働くところがなくってねえ。そこも解雇になって、でも、お店をさよならするとき、ママさん私の手を握って泣きながら／死んじゃダメだよ。死ぬんじゃナイよ／っていってくれたから、私は死ななかった。けど、子供はねえ。三つの男の子だったけど、コロナにやられて、はは、その母親が今度は結核とはねえ。ほんとに胸が悪くなるハナシだよ。あらっ、喋り過ぎてる。どうしたんだろ。

志羅「(テンガロンに手をやり、苦笑しつつ独り言）この帽子のせいですよ。面倒だなとおもうときもあります。

百恵「ふーん、テンガロンか。(興味を持ってテンガロンをジッとみるが）新参さん、あんた燐寸《りんすん》（マッチのこと）か、ライター、まさか持ってないよねえ。

志羅「すいません。職業はライターなんですが。

百恵「下手な冗談。まっ、いいか。今夜は禁煙かナ。空が澄んで、月が綺麗だもん。

志羅「ええ、空の月もいいですが、海に映えた月も格別ですね。

百恵「(特に恐れているふうでもなく)これから、氷河期が来るって聞いたけど、ほんとなの。

志羅「もう始まっているそうです、氷河期。これから徐々に地球は冷えていきます。

百恵「へーえ、やっぱりそうなんだ。なあ〜んだ。みんな死んじゃうのか。

志羅「そうとは限りません。

百恵「でも、どうせ、金持ちだけが生き残るのね。ああ、貧乏はイヤだ。あっそうか、それでここの男どもは、色気づいているというか、子孫を残そうとする本能ってヤツかな。ここんとこlove letterが飛び交《か》ってるって噂だよ。

志羅「(やや怪訝だ)そうなんですか。(新参だから、状況はそれほどワカラナイ)

百恵「いまにワカルよ、新参さんにも。

志羅「鐘谷志羅です。

百恵「新参さんじゃなくて、遥か/カナタニ/シラさんか。いい名前ね。お幾つなのかしら。

志羅「四十五歳になります。

百恵「えーっ、ふーん。若くみえる。たぶん生活が無い。所帯持ちではナイ。結婚したこともナイ。(と、じっと志羅をみつめて、ちょっと表情が険しくなった)手をみせてもらっていいかい。

志羅「手っ、（なんのことか、もちろん不明）

百恵「手のひら。自分の運命はワカラナイんだけど、手相を観る特技があるのよ。霊感っていうのかな。花街《かがい》でもこっちのほうが有名になっちゃって、けっこう有名人のも観たよ。

志羅「（手のひらを差し出す）

百恵「（志羅の手のひらを凝っと観ている。それから顔を挙げ、哀れむごとく志羅をみつめる）志羅さん、あんた、（少々黙して）恋愛線が薄いね。無いのも同然だ。とても不幸な恋愛線だ。百万人に一人くらいはこういうひとがいるんだけど。愛しても実ることはナイ。愛されても気づくことはナイ。ただ、深く傷ついていくだけで、ココロに深く埋もれていく。いまのいまだってそうだ。あなたを慕う乙女はいるにはいるが、さて、あなたにその愛が届くかどうか。逆に孤独を孤独とおもえない孤独線がくっきり出ている。あら、喋り過ぎちまってる。

志羅「不幸な恋愛線ですか。いえ、だいたいアタッテいるんじゃナイでしょうか。いままで恋愛はすべて失敗してきています。鈍感なもんですから。

百恵「こういう恋愛線を持つものが百万人に一人というのはね。たいていのそういうひとは、早くに自ら命を断つからなんだ。でも、志羅さん、あなたはチガウ。あなたから去った女、あなたのために死んだ女、結ばれなかった数々の恋。それはなんだか渦巻いていつもあなたの気づかないあなたの宇宙に浮かんでいる。そうしてそれは時折、ふいに降りてくる。それにすら気づかずあなたは、生きている。宇宙の果てまで気づかずにあなたは生きている。

志羅「ピタリと当たる手相ですね。

百恵「褒めちゃイケナイ。いまのは romantic な technique だ。もっと、ズバリの驚きを提供してあげましょうか。

志羅「ひょっとして、いまもそういう情況にボクがいるってことですか。

百恵「そういったろ。なんだかワカラナイ輪っかがあなたの輪と重なろうとしている。心当たりがあるんだろ。

志羅「いわれてみれば無きにしも、かな。

百恵「やっぱり。

志羅「百恵さんは、輪廻というのを信じるのですね。

百恵「この世は輪廻の海の如し。恋は輪廻の証《あかし》なり。そういうのをね、なんだか物理学とかでここの利用者の変人学者がまくし立てているけどね。あながちマチガッテもいない気はしているよ。さて、どうだい、今夜の空は。

志羅「深く澄んでいます。

百恵「月は海にあるかい。

志羅「ええっ、波にゆれてます。

百恵「よしっ、月を観よう。手相なんか、ヤメだ。ねっ、月、観ようよ。

志羅「ええ。

百恵「お喋りついでにいっちゃうと、私ね、ワカッタんだ。ここで血を吐いて死ぬつもりだったけど、ヤメタ。死ぬもんか。みんな同じだ。私だけじゃない。みんな樋口一葉だ。あんたも私も同じだ。同じように生きているんだ。そうなんだ。それしかナイ。それしかナイんだよね。嗚呼、でもなんて綺麗な月なんだろう。涙の海に浮かんだ月だ。けして沈まない月だ。月が時を超えて恋をしている。そんな月明かりだ。そうだっ、恋をしてやる。私もここで恋をしてやる。


二人、その水面の波の中に浮かぶように、辺りは次第にゆれていく。

と、

百恵「あらヤバイ。あのヤロウ、嗅ぎつけたかな。romanticism は退散するよ。気をつけな、

アイツは二刀流だからね。（大急ぎで去った）

志羅「二刀流、えっ、あっ、百恵さん。

市ヶ谷が詰め襟に白衣羽織って現れる。

市ヶ谷「おや、雌狸かとおもったんだが、チガッタか。

志羅「市ヶ谷さんじゃないですか。Doctor、それともpastor（パストァ・牧師のこと）、どっちでお呼びすればイイんですか。

市ヶ谷「どっちでもイイ。強いていえばいまは夜の狩人かな。

志羅「狩人。雌狸がどうのとは。

市ヶ谷「狸狩りさ。盗まれなかったかい。

志羅「何をです。

市ヶ谷「何でもイイけどね。まあ、損害を被らなかったのなら、ヨシ。

志羅「損害っ。

市ヶ谷「あの狸には、二つの嫌疑がかかっている。売春とアンフェタミンの取り引き。

志羅「ウリにバイニンですか。

市ヶ谷「ほう、さすが作家、スラングできたか。ウリのほうの手順はまあ、こうだ。

志羅「romanticに迫るんですね。

市ヶ谷「なるほどそうか、もう始まっていたのか。

志羅「さっきのが彼女の芝居なら、女優賞ものですよ。ヤクのほうはアンフェタミンですか。

市ヶ谷「栄子ちゃんがね、流しているらしいという情報なんだが、
志羅「それは、
市ヶ谷「ナイ、とおもうかね。

志羅「橋場栄子看護師がですか。

市ヶ谷「彼女は薬剤師の免許も皆伝だからね。薬局への出入《ではい》りはフリーなんだ。

志羅「しかし、それは、
市ヶ谷「さっきより若干だが、否定の口調が緩くなったな。

志羅「まだここに入って三日と経っていませんから。

市ヶ谷「三日を待たずにマドンナのハートを奪ったんだから、たいしたもんだ。

志羅「今度はscandalですか。

市ヶ谷「スキャンダルにまでは発展していない。

志羅「そうですか、ひょっとして、市ヶ谷牧師は小夜さんのことを。
市ヶ谷「とっ、おいっ、どうしてワカルんだ。
志羅「テンガロンが教えてくれるんです。
市ヶ谷「テンガロンがっ、それか。ふーん妙なアイテムを持っているんだね、きみは。
志羅「これは、しょうがないんです。
市ヶ谷「まあ、あまり使わないようにして欲しいナ。羊たちのココロを読む牧師が羊にココロを読まれちゃかなわない。
志羅「市ヶ谷ドクターは二刀流だとか。流派は二天一流ですか。
市ヶ谷「そんなこと、あの雌狸が云っていたのか。
志羅「去りぎわに。
市ヶ谷「最後っ屁は狸ではなく鼬《いたち》のはずだが。ああそう、そうだ。二刀流。つまり両刀使いということだ。と、簡単にカミング・アウトさせるね、きみは。
志羅「私はノンケです。
市ヶ谷「それくらいは、二刀流の私にはワカル。さて、小夜だ。たしかにあの娘《こ》は二十五歳になるのに美しき少年のような魅力がある。
志羅「市ヶ谷二刀流としては、たまんねえということですか。

市ヶ谷「そうズバリ云われると二の句がナイ。といったところで、今宵の対局はここまでの持ち将棋にしておこうか。（海を観て）なるほど、海に映える月か。狼男が狸女に変身するワケだ。（紙たばこを銜える）

4

暮れゆきて　落ち葉踏み行く　影長し

志羅のサナトリウム生活も一ヶ月は過ぎたろうか。

同じ場所。あの畑。

青山良平と真金次郎が作務衣姿で畑の草をひいている。

良平「金次郎さんは長いんでしょ。

金次郎「ここじゃ、イチバンのベテランだな。

良平「退院した利用者さんは、どれくらいいるんですか。

金次郎「(即答した) ただの一度も観たことはネエな。

良平「(話題が暗くなるのを恐れてか、ズラす) 季節がわかりにくくなりましたねえ。

金次郎「収穫祭が終わったらすぐに裏の山が白くなる。そうしたら冬だ。

良平　「わかりやすくてイイや。
金次郎　「どっちみち季節なんざ、ここじゃあ関係ないからなあ。
良平　「世間はどうなってんのかな。
金次郎　「おまえさん、新聞ちゃんと読んでるの。
良平　「スポーツ新聞なら読んでましたけど、ここ、置いてナイでしょ。
金次郎　「まあ、オレもその口だけど。おまえさん、作家になるんだろ。
良平　「作家はいろんなもの読まないとね。金次郎さんはどんな新聞読んでたんです。
金次郎　「ここに来るまでは競馬新聞かな。
良平　「なんだ、ますますここには無い新聞だ。
金次郎　「銭を賭けなくとも、競馬は着順予想しているだけでおもしれえもんなんだよ。
良平　「そういうひともいるんだ。
金次郎　「いるのよ。馬も女もおんなじさ。
良平　「女もですか。
金次郎　「観ているぶんには裏切られナイ。運も予想も裏切っちまうからな。しかし、女運だけは、ありゃあ、お伽話だ。
良平　「女だって、／私、男運がナイのよ／なんてよく口にしますよ。

金次郎「おっ、なかなかいうじゃナイか。

良平「作家志望ですよ。あのアレあの娘、三ヶ月ほど前にここに来たちょっと話題の小夜はどうなんです。

金次郎「小夜かい。ありゃ、不思議な女だな。なんつうか、nostalgieってもんかな、いまの女にはもうまったく無いようなものを瞳の奥に持っているというか。

良平「瞳の奥っ(プッと笑う)。そりゃまた文学シアターですね。

金次郎「笑うんじゃネエよ。そんな眼をしているときが、ときどきアルんだなあ。

良平「nostalgieですか。郷愁ですね。

金次郎「郷愁かも知れねえんだが、そいつよりもっとイイもんだな。うまくいえねえんだが、やつがれ(やや自虐的一人称)なんかから観ると、そうだな。うーんとむかしの時代劇に出てきた女優さんはみなさんあんな眼をしていたような気がするナ。

良平「娘十六、番茶も出花っていいますもんね。

金次郎「そいつは鬼も十六、番茶も出花だ。ほんとに作家になるつもりかい。

良平「ここで死にたくはナイですよ。

金次郎「ここじゃあ五年ばかりいると甑《くたば》るらしいからな。五年峠なんて名前が付いているくらいだ。オレなんざ今年はその五年兵だからなあ。(手を観る)

良平「小夜さんは、あの新参の志羅さんと仲がイイらしいですよ。

金次郎「そういう噂もアっという間に耳にするな。けれど恋文の一つも書いちゃいないと。

良平「志羅さん、三日ほど前、少しだけど喀血したらしいですよ。

金次郎「地獄耳か。それはオレも聞いた。この病気はいきなり悪くなる。オレなんかがここで五年も百姓しているのは、ちょっとしたmiracleだぜ。

良平「おっ、(と、あちらを観て) miracle専門のダンナがお供を連れてやって来ましたヨ。

車椅子に乗った信玄亭万蔵、押しているのは志羅だ。その横に、橋場栄子看護師と小夜が寄り添っている。

栄子「足場が良くないですから、志羅さん、気をつけて。それにあまり無理しないでネ。

志羅「はい、ワカッテます。

信玄亭万蔵「すまぬ、すまぬ。恩にきる。

志羅「いつものことじゃナイですか。

信玄亭万蔵「いやいや、信玄亭万蔵、いつもが最後の高座だからナ。

小夜「この辺にしましょうか。

栄子「そうですね。今日はお客も多いようですから。(と、良平と金次郎をチラッと観た)

良平「えっ、

金次郎「まっ、仕方がねえか。看取ってやるか。

良平「看取るって、金次郎さん、

金次郎「冗談。黙って聞いてりゃいいんだよ。信玄亭万蔵の／いつもの／高座をよ。

信玄亭万蔵、背中の座布団を畑の上に置くと、

信玄亭万蔵「世間は変わり、時移ろうとも、変わらぬものは、男女の恋。信玄亭万蔵の噺には枕もオチもナイ。まるで、この宇宙の如し。始まりも終わりもナイ。この宇宙がどうやって出来たか、そりゃあんた、どこかワカランところから時間も空間も無いとこに出てきた一粒の変化の種に反応して出来ただけのこと。ワカランものが時間と空間を創る。まるで男と女の色の道、恋というもんです。

良平「相変わらず狂ってるナ。(聞こえるような独り言)

志羅「そんなことはナイですよ。こうだとおもうんです。庭に池が在って、その池に小石を投げ込むと、波が起こります。波紋というものですが、これは真上からみれば、輪や円の

カタチに広がりますよね。これとおなじことが宇宙では忙《せわ》しなく起こっている。

信玄亭万蔵 「よう勉強しなさった。そのとおりですな。

小夜 「それで、池のあちこちに小石を投げ込むと、あちこちに波の輪がいっぱい出来る。これがどんどん重なっていく。そうなっているんでしょ、宇宙も恋も。

信玄亭万蔵 「さすが、小夜さん、利口だねえ。

栄子 「なんだ、それだけのことなのね。ワカッタ、ワカッタ。うんうん。

信玄亭万蔵 「ワカッタついでに栄子さん、一本、ポンプお願いします。

栄子 「はい。（と、万蔵の腕にモルヒネを打つ）

信玄亭万蔵 「（打たれながら）ああ、楽じゃ、楽じゃ〜、極楽じゃ。緩和ケア患者の役得。

志羅 「波が重なって、それから宇宙はどうなるんです、師匠。

信玄亭万蔵 「何億、何千億、何兆とあちらこちらで重なったところが打ち消しあってもとにもどる。すると別のところでまた重なりだす。これの繰り返しを、色即是空、空即是色、輪廻邂逅と申します。輪廻とは、幾度も思いがけなく出逢うこと。／あらまあ、また／の巡り合い。時を超え、空間を超えて、ひとの物性はそうなるようにできております。

栄子 「へーえ、それが輪廻なのか。

志羅 「ボクが恋慕したテレビの中の少女剣士との出逢いは、科学においても現実に在るハナ

シだというワケですね。（半ばは師匠に合わせている感じだ）

信玄亭万蔵「某の理論では、それが輪廻です。そうして小夜さんがその、十五歳の少女剣士の輪廻の姿です。

栄子「ステキなlove romanceね。

小夜「私、信じちゃうな。

信玄亭万蔵、立ち上がった。

栄子「あっ、万蔵さん、

信玄亭万蔵「栄子さん、海はどっちです。

栄子「目の前よ。

信玄亭万蔵「いや、そうじゃないな。もうここは海。私はディラックの海の中におります。まわりが波のようになってきましたね。（揺れる）

世界が波のようにゆれる。

万蔵数歩進んだが、ぐらりと崩れた。

その万蔵を支えたのは市ヶ谷だ。波の世界の揺れに重なるように現れた。（って、どんなや）

市ヶ谷「（心臓に耳を当てる。手首の脈を診る）大丈夫のようだな。モルヒネで酩酊しているだけだ。栄子さん。緩和ケア病棟外出の許可は、

栄子「はい、それはもうバッチリ。突然、急に、でしたから、でも、いつものことなので、

市ヶ谷「バッチリか。まっ、緩和ケアなんだからしょうがないか。

金次郎「やつがれも、もうじきその緩和ケアとやらですかねdoctor。

栄子「金次郎さんの症状はまだ安定していますよ。今年の収穫祭でも舞台でいつものようにお芝居するんでしょ。

市ヶ谷「芝居、（ふっと視線が浮いて）芝居か。今年も収穫祭が近いな。（万蔵の唸る声を聞いたのか）ともかくこの方を緩和ケア病棟にお戻しなさい。

栄子「はい。（ひとり、車椅子を押していく）

小夜「（志羅に）収穫祭にはみんなでお芝居するイベントが毎年あるらしいの。ちゃんとした舞台も造るんだって。今年は私も出演するのよ。

志羅「そうなんですか。そのお芝居は誰でも参加出来るんですか。

市ヶ谷「志羅くんは日が浅いから、今年はメンバーに入ってナイ。残念だったね。
志羅「そうなんですか。
市ヶ谷「今年の主役は、私なんだ。それからホンも今年は私が書いた。演出は院長だけどね。
良平「ボクの書いたホンはボツにされました。
市ヶ谷「良平くん、作家志望なら、ウィトゲンシュタインくらい勉強しておきなさい。
良平「なんですか、そのフランケンシュタインてのは。
市ヶ谷「志羅さんならたぶんご存知ですよね。
志羅「ウィトゲンシュタインも含めて言語論はひととおり読みました。ウィトゲンシュタインも嫌いではありませんが、何の影響も受けていません。〈言語ゲーム〉という方法論もけっきょくはアリストテレス的だとおもいます。
市ヶ谷「なるほど。志羅さん、あなたは単なる幽霊じゃナイですね。譬えるならばマルクスとエンゲルスが現した『共産党宣言』の冒頭に出現するヨーロッパのゴーストだ。
良平「(突然、決意したように)突然ですが小夜さんっ、
小夜「(突然、びっくり)えっ、何です突然。
良平「ボクはウィトゲンフランケンでいくべきでしょうか、それとも、フロイトがよろしいでしょうか。

小夜「どうしていきなり、私にそんなこと訊くの。

良平「ここで路線を修正しないと、この作家、またよくワカランことを喋らせますよ。

小夜「そうなんですか。

良平「どっちがいいとおもいますか。フロイトですか、ウイトレントゲンですか。

小夜「フロイトなら私も大学で少し、教養課程で。

良平「ええ、ボクもやりました。『ひとはなぜ戦争をするのか』という手紙をアインシュタインはフロイトに宛てて送ってもいます。やはりシュタインです。

小夜「それ、知っています。

良平「〜一九三二年国際連盟はアインシュタインにこういう依頼をした。／いまの文明でもっとも大事だと思われる事柄を取り上げ、いちばん意見を交換したい相手と書簡を交わしてください／

小夜「そこで、アインシュタインが取り上げたテーマは「ひとはなぜ戦争をするのか」。

良平「議論の相手に選んだのが、精神分析の専門家、ジグムント・フロイト。この書簡は長い間、歴史の中に埋もれてしまっていました。

小夜「何故なら、ナチス・ドイツの勃興で二人とも亡命を余儀なくされたから、ですよね。

良平「そーなんです。それでけっきょく、二人の答はどうだったとおもいますか。

小夜「ワカラナイままです。でも、ヒントは残っています。
良平「それはっ、
小夜「郷愁、つまりノスタルジーと、社会的アルゴリズムは相いれないまませめぎ合う。
良平「そーなんです。そのエロスの躍動。作家志望のボクは収穫祭の舞台のホンをそんなふうに書いちゃったのです。
小夜「そんなふうって、どんなふうなの。
良平「エロスの躍動が、なんやかんやあって、ボクと小夜さんは結婚するんです。それでオシマイ。エロスです。やっぱりフロイトですね。エロエロエッサイムです。あれっ、こいつは『悪魔くん』だったかな。
小夜「それってボツになるのはアタリマエのような気がするけど、
良平「いや小夜さん、そういうふうにするとですね、この物語はそこでスッキリ終わらせることが出来るのです。ヤヤコシイことはナシ。でも、物語はパッピーエンドになります。
小夜「パッピーエンドっ、
良平「そうです。パッピーエンドです。パッときてピーです。パタピーです。パタピー好きですか。
小夜「パではなく、バ、タピーなら。

良平「バタピーってバター使ってナイんですよ。

小夜「このダイアローグって、噂に聞く『寿歌』という戯曲に出てくる〈ラプラス逆転漫才〉みたいですね。

良平「いいじゃないか幸せならば。

小夜「でもいまは収穫祭の、

良平「えーと、収穫祭のなんでしたっけ。

市ヶ谷「おいっ、そのへんにしておきたまえ作家志望。半世紀前のケッタイな戯曲を持ち出してどうする。ゴースト作家どの、私がこの愚か者のホンをボツにしたワケがワカッタでしょう。では幕だ。幕にします。そうして間狂言のリハーサルだ。

間狂言（アイキョウゲン）

能狂言では、「前シテが舞台から去って後シテとして登場するまでの間に、前半のストーリーをおさらいして後半へつなぐ役」を〈アイ〉いう。この物語がいわゆる「間狂言」だ。こんにちの舞台でも「幕間（マクアイ）」と称される物語の構成上の一場面は残っている。（これを「マクマ」と読むお方も多いが、それでは本来の意味にはならない）。

さて、この物語でも、間狂言をはさむことにする。

場所はあの農地だか畑だかに組み立てられた簡素な舞台。今や稽古の真っ最中。院長の湯之助が例の煙管を銜え舞台を眺めるように坐っている。演出家のように。その傍に看護師の栄子が付き添っている。演出助手のように。

例の木に小夜と美紀が金次郎と良平に結わえ、いや、括り、いや縛りつけられている最中だ。新品なのだろう白いロープが妙に艶《なまめ》かしく輝いてみえる。

良平「こんなもんでどうですかね。

金次郎「向きはこれでいいとおもうが。（湯之助のほうを観る）
湯之助「もう少し締めるかな。
金次郎「へーい。（ちょいと力を入れる）
良平「はーい。
小夜「（口を堅く閉じている）
美紀「ちょっとキツイんとちゃいますか。
金次郎「そうかナ。でも緩むとウソみてえだからな。
小夜「いいですよ私はこれで。
美紀「じゃあ私もこれで。
栄子「そいじゃあ、始めます。音楽からです。

市ヶ谷が仮装束らしきものを着けて鳴り物入りで登場する。

市ヶ谷「（何処に向けてか、せりふは発せられる）すでに北の果て北極は九十五パーセントまで氷塊を浮かべた単なる海になった。こうなることは予測されていたのだ。はるかな過去から氷に覆われていた北極海は、二〇一二年に観測史上最小の氷面積を記録し、海水面は三百三十九万平方キロメートルになった。二番目に低い海氷面積を記録したのは二〇一九年、およそ半分にまで減少した。海氷域は四百十五万平方キロメートル。

良平　「そりゃまたどうしてなんですかい。（せりふなのか、どうなのかは判別出来ない）

金次郎　「溶けたってことだよ。

良平　「なんで。

小夜　「地球が熱くなったからよ。

美紀　「温暖化とかいうアレなの。

市ヶ谷　「そればかりではナイ。せっせせっせと殺戮兵器を量産、実験したからな。いまやあの空、あの宇宙は実験に使われたゴミでいっぱいだ。それも温暖化の一因だ。地球からの放熱がそのゴミによって反射して戻ってくるという有り様だ。さて、恐ろしいことが起こるのはここからだ。

美紀　「えっ、北極の氷が溶けるよりも怖いことがあるのん。ワカッタ、海面が上昇、

小夜　「それはナイとおもうけど。そうなんでしょ。

市ヶ谷　「まあ、半分正解だな。北極だけじゃ海面上昇なんてしません。単純な中学校の理科レベルです。が、しかし、南極の氷もまた溶け始めている。南極の氷が全て溶ければ、海面は六十メートルせり上がる。

美紀「そんなら、地球沈没やんか。

市ヶ谷「地球が何処に沈没するってんでえ。おっと、お郷里《さと》が知れるナ。

小夜「美紀ちゃん、ここは我慢して黙って市ヶ谷牧師の話を聞いていたほうがいいわ。

美紀「わかった。そのほうが早くオワルよね。

市ヶ谷「いまを去る二十年ほど前、まだディーゼル機関しかもたない中華大国の資源探査潜水艇が、氷の溶けたアトの海底に資源を掘りあてた。かなりの希少金属資源だったが、グリーンランドの警告で、あっさりと中華は手を引いた。あの大国にしてはめずらしいことだ。それには別の理由があったからだ。潜水艇の発掘したものは資源以外にも存在したのだ。そのせいで、中華は手を引いた。不幸なことに乗組員に一名、中華B都市出身の者がいて、彼はそのまま故郷のB都市に帰った。これが中華大国の大きなmissとなった。ワカルかね。

小夜「掘りあてた別のものというのは資源ではなくて、ウイルスですね。

市ヶ谷「そうだ。COVID-19の禍はそこから始まった。人間の傲慢に対する神の罰が始まったのです。北極海の海底には、原始の酸素を嫌う生命体が幾種類も棲息していたのだよ。その中にCOVID-19も存在していたワケだ。(院長のほうをみる)。どうでしょう。

湯之助「ちょっと難しいかな。まあ、そういう学説もあるということで、いくか。

市ヶ谷「最終氷期《さいしゅうひょうき》という年代を識っているかね。
美紀「最終兵器というとロシアの、
市ヶ谷「兵器じゃナイ。きみの耳は馬か。私のコトバは念仏か。氷期だ、氷河期のことだ。最終氷期とは、およそ七万年前に始まって一万年前に終了した一番新しい氷河期のことだ。もっとも、昨今、この氷河期の状態が続いたのは実際は非常に短い間、おそらく二千年ほどであったと専門家の間では考えられているが。
美紀「二千年なら、ものすごく長いやないの。
市ヶ谷「私たちは環境歴史学者じゃナイ。それは捉え方次第だ。問題はＢ都市にＣＯＶＩＤ-19が持ち帰られたその後だ。私と院長とは、ＷＨＯの密命調査隊の一員としてＢ都市の患者を調べ、ウイルス感染経路の起点が北極海の海底であったことを結論した。
良平「ええっ、ほんとですか。
市ヶ谷「いまから七万五千年前に、インドネシアのスマトラ島にあるトバ火山が大規模な噴火を起こしたことがわかっている。大気中に巻き上げられた大量の火山灰が日光を遮断し、地球の気温は平均五度も低下、劇的な寒冷化はおよそ六千年間続いた。その後も気候は断続的に寒冷化するようになり、地球は氷河期へと突入する。生き残ったのはネアンデルタール人とヒトのみだった。現代に生きる我々人類も気候変動によって総人口が一万人にまで激減したと想定されている。

美紀「それと私たちが縛られているこの仕打ちと何の関係が、

市ヶ谷「トバ・カタストロフと同じことがいま地球で生じ始めている。北極の氷の消失による気候変動だ。地球温暖化で熱放射を終えた地球はやがてアイスボールとなる。

美紀「そやから、どうして縛られているのって、

市ヶ谷「小夜くん。いや小夜姫。実は私も鐘谷志羅が観たという例の活劇ドラマのことは識っているのだよ。

小夜「えっ、(驚いたァ)市ヶ谷さんが志羅さんと同じドラマをっ、

市ヶ谷「まあ、ほんとのところは、雑誌掲載のスチール写真の類と粗筋だけだけどね。そのドラマでね、こんなシーンが出てきたらしいの。海賊に捕まって木に括り付けられるのは小夜姫と、主人公の許嫁なの。(口調が変だ)

栄子「市ヶ谷さん、おネエことばになってます。

市ヶ谷「おっと、いけねえ。おいら江戸っ子でい。

小夜「許嫁。いいなづけがいたんですか主人公に。

市ヶ谷「そう、婚約者。主人公には許嫁がいたのよ。いや、いたのだ。しかし小夜姫が登場してきて心変わりしたというワケだ。

小夜「その許嫁の方《かた》は、どうなるんですか。

市ヶ谷「かわいそうに、許嫁は悪人によってアヘン中毒にされてしまう。

美紀「つまりモルヒネ依存《いそん》のことやね。

市ヶ谷「しかし、けっきょくは立ち直る。少年少女向けのお話だからな。そうなのだ小夜さん、あれは全国で何千何万という子供たちが視ていたテレビの活劇ドラマなのだ。

小夜「そうして志羅さんは小夜姫に、テレビドラマの中の私におもいを寄せたのね。

市ヶ谷「それが輪廻の恋になったという理屈だな。果たして輪廻などあるものか。そんな神学は存在しない。きみが少女剣士小夜姫の輪廻転生だなどと何処に根拠があるというのだ。キリスト教には転生など無い。五歳の幼な子が心動かされた少女をおもいつづけているなんて、それは恋というのには幼すぎる。

小夜「そうかしら。万葉のむかしからいまなお恋は謎につつまれているわ。指触れ合うも恋ならば、勃ってなんぼも恋のうち。

美紀「あら、いうわね、小夜ちゃん。

市ヶ谷「(美紀と小夜に)そうそう、汗かきピストン菊の穴、人間の体というのはとてもよくできている。体に熱がこもると自然に体外へ排熱する機能が備わっている。「汗」だ。汗が蒸発することによって体内の熱を外へ逃がし体温を調節してくれているのだ。高温・多湿の環境の中に長時間いると、体の機能は低下して危険な状態に陥ってしまう。その原因が「湿度」だ。いま日本の夏は雨が多く、多湿で汗が蒸発せずに体の冷却機能が働かなくなっている。つまり、温暖化による海水の気化量増加が影響しているのだ。海水温度と蒸発量、降雨のサイクルが狂っているのだ。二千年かけて入れ替わる海水が水温上昇によってもっと早くなっているのだ。あなたたちをその木に縛ったワケは、どんどん汗をかいてもらって、この畑に雨を降らせてもらおうとおもっているからだ。イエスでさへも旱魃《かんばつ》のとき祈った。／神よ、雨を降らせたまえ／

小夜「それって釈迦じゃないんですか。仏陀になる前の。

市ヶ谷「そうだったっけ。外道の宗教は知らぬ。いずれ人類は滅びるだろう。でも、せめて私と小夜姫、きみとだけは生き残ろう。生き抜いてイイ汗をかこう。

美紀「で、私はどうなるの。冷たくなって終わるの。

市ヶ谷「恋慕の思い込みは強く、そうして思い違いも同じだけ強いものなのだ。輪廻の恋などと噺家の〈とんでも理論〉を信じ込んでいるだけなんだよ小夜くんは。

小夜「いいえ、志羅さんへの思いは真《まこと》、ほんとうの輪廻の恋です。あの日、あの時の瞳と瞳の交わりから、私は志羅さんと重なる輪廻の輪になったんです。

市ヶ谷「かなり粘るね、小夜くん。粘っこいのはキライじゃナイが。

小夜「指触れ合うもみつめあうも勃ってなんぼも恋ならば、恋文寄越すも恋よ。市ヶ谷牧師はあの志羅さんと私の最初の出逢いの衝撃はナンだとお思いなんです。
市ヶ谷「神か悪魔か天使の悪戯だ。この世界の終末に吹き鳴らされた喇叭に過ぎぬ。
良平「（金次郎に）去年の収穫祭の演目は『沓掛時次郎』でしたよね。書いたのは作家志望のボクですよ。あっちのほうがオモシロかったでしょ。
金次郎「なんだっていいんだよ。誰だって舞台に立つのは気分がイイからナ。
市ヶ谷「余計なお喋りはしないのっ。続けますよ。（小夜をしみじみ眺めて）似ているワ。ほんとうに生まれ変わりのようね。そんな生命が時を超えて、今更こんなところで、熱心な視聴者だった幼な子に出逢うなんて。悔しいっ、ただただ悔しい。
小夜「じゃあ、認めるんですね。
市ヶ谷「そんなんじゃないワよ。
栄子「市ヶ谷doctor、口調が、
市ヶ谷「おっと、コーフンすると地金が出やがる。恋文寄越すも恋か小夜くん。しかし、誰がどれだけ熱烈な恋文を送ろうと、小夜姫が恋した輪廻の恋人への思いには叶わないだろう。けれども、もし、その小夜姫の、彼女のココロをほんの僅かでも動かすような恋文が彼女のもとに送られてきたら、どうなるだろう。そんな恋文があるものかって（笑う）。

それが、あるのだよ。正確にいうのなら出来るのだ。創れるのだ。小夜姫のココロ動かす恋文を存在させる。そういうことが出来るのだよ。簡単なことさ。そんな大爆発、大転換、物語をひっくり返す恋文を書いてもらえばいいだけだ。誰あろう志羅に。あの生粋のゴースト・ライターにっ。

湯之助「なるほど志羅の恋敵《こいがたき》が、マドンナ小夜に向けての恋文を志羅自身に書かせるのか。面白いパラドックスだ。奇天烈なplotじゃないか。エドモン・ロスタンの『シラノ』がシェイクスピアふうになってきたぞ。（台本をみて）ところで、その恋のrivalとは誰だったかな。脚本には書いてナイようだが。

小夜「ヒドイ間狂言ね。でも、もうすぐきっと、この奇妙な間狂言は終わる。待ちましょう美紀さん、これは、市ヶ谷doctorの書いたただの狂言だとおもいましょう。

市ヶ谷「ならば、小夜姫。いまこの世界で起こっていることなど、この間狂言と同じと作者の私は声高に云っておこうか。況《いわん》や、この世界などもともと神の書いた間狂言に過ぎぬとな。お望みに応えよう。さあ、幕だ。幕を降ろせ。そうしていま一度幕を揚げよ。間狂言はここまでだ。

木が入る。チョーンッ。

5

新しき　旅の報せか　空の雲

季節はまだ冬には少しだけ距離をおいている。
あの土堤。
市ヶ谷（牧師なのか医師なのか）が頬杖つきながら、畑に腰をおろしている。
志羅もそこに在って何か手紙のようなものを黙読している。

市ヶ谷「どう批評されますか、そのlove letter。幽霊作家さん。
志羅「ゴースト・ライターを直訳すればたしかに幽霊作家ですが、べつに私はhorrorを書いていたワケではないですから。
市ヶ谷「こりゃ失礼。で、その手紙、それでも恋文らしいんですよ。
志羅「ええ、たしかに恋文、love letterですね。少なくとも書いた主体は、そういう思いをこめて書いているんじゃナイでしょうか。（手紙を挙げて）こういうlove letterの代筆なんかはむかしはよく頼まれましたが、いまは殆どありませんね。

市ヶ谷「そうでしょうね。そういう駄文じゃ乙女のココロは動きませんもの。だいたい、そいつ、教師も辞めて、医師の国家試験を一発合格。裏口ですが。はは。牧師の資格のほうは、たしかに聖書は少々勉強しましたが十ドルで買いました。米国では売っているんです。聖職は兵隊にならないで済むからです。そういう人助けの商売をしている教会もあったのです。おかげで私は助かりました。つまり私は幽霊牧師みたいなものです。

志羅「そうですか、でもボクは幽霊じゃありませんよ。精霊という意味合いなら、このテンガロンには祖父の霊が宿っているのかも知れませんが。

市ヶ谷「お祖父さんの遺品ですね。祖父の精霊が宿るか。（改まった）用件に入ります。

志羅「私にlove letterの代筆をせよ、なんでしょ。

市ヶ谷「これまた察しがイイ。

志羅「野浦小夜、宛てにですね。

市ヶ谷「そのとおりです。その対価、代償として一つ情報を提供いたしましょう。小夜さんの疾病は寛解しているか、最初から誤診です。カルテや写真（レントゲンやCTのこと）をみると疾病状態ではナイ。裏口医師ですがこれはdoctor市ヶ谷としての見立てです。

志羅「寛解とは症状が一時的に軽くなったり消えたりした状態ですね。

市ケ谷「湯之助院長はすでにご存知だとおもいますよ。

志羅「それがほんとうなら妙な事態ですね。

市ケ谷「でしょ。この妙な事態、いつまでも放っておくワケにはいきません。早いところ決着させねばなりません。

志羅「決着。なるほど、それにボクの代筆love letterが必要なんですか。

市ケ谷「ですから、そんな下手っぴいなlove letterを読んでいただいたのです。

志羅「小夜さんのところには、たくさん恋文が届くということも知っています。

市ケ谷「でも、小夜さんのココロは動かない。

志羅「らしいですね。

市ケ谷「昨日、収穫祭恒例の素人芝居のリハーサルがあったんです。

志羅「愉しそうですね。ボクは新参で今年は観客なんでしょ。演目は何なんですか。

市ケ谷「今年の演目はえーと、シラミノ・ベル・ジュラシックパークというタイトルです。あの有名な剣戟とlove romanceのパロディーです。皆さんせりふがおぼえられなくて、テキトーなad-libでヤってらっしゃいますが、いちおう脚本を担当したのは私です。そこでお願いがあります。芝居で使うシラノの如き麗しき恋文を鐘谷志羅さんにお書き頂きたい。小夜へ、志羅さんが、恋文を代筆するんです。私の脚本では、恋文を、恋人のゴースト・ライターが代筆するんです。
志羅「あくまで芝居の中のハナシでしょ。
市ヶ谷「そこが虚と実のオモシロサです。私の依頼は間狂言の戯言ではアリマセン。
志羅「小夜さんを慕っているのは市ヶ谷牧師もそうなんでしょ。どうしてあなたがお書きにならないんです。脚本だって書けるのに。
市ヶ谷「ところがそいつじゃ芝居にゃならねえ。いや、ならないんですねえ。それにいまお読みになったように私の文章力なんて、あんなもんです。ところで志羅さん。あなたの恋愛感情ってどんなものなんですか。
志羅「いきなり飛びますね。
市ヶ谷「牧師ですからね。ひとのココロに飛び込むのは朝飯前です。
志羅「恋愛感情。そうですね、ボクの場合、恋は哀《かな》し谷間の百合、かな。
市ヶ谷「なるほど。谷間のすぐ下は濁流ですね。あなたなどは、濁流に浮かんだ百合の花のようなものですか。
志羅「濁流に浮かんだ百合の花。ココロに留め置きます。
市ヶ谷「そうねえ、恋は哀し、か。(と、空を指差して)鳥も何やらお急ぎのようだ。

志羅　「（空をみて）ああ、鳥の群れですね。冬が近いんだろうか。

6
恋文を　白刃のごとく　書く覚悟

それから、幾日、あるいは幾週過ぎたのか、ともかくニュートン力学世界では時は流れるものだから。

いつもの畑。湯之助と金次郎、良平が畑仕事をしている。

と、そこに、志羅。

こういう療養所は、利用者さんのcostumeがあるので多量の衣装替えをしなくて済む。二重《ふたえ》か綿入れになっているかも知れない。あるいは何か羽織っているか。日本の衣料はひじょうに合理的だ。

志羅「院長、何か御用事とか。

湯之助「ああ、志羅くんか。（と、目で金次郎と良平に合図）

金次郎と良平、黙して志羅に一礼するとそそくさと退場。

志羅「ここの風も冷たくなってきましたね。
湯之助「ああ、そうだね。
志羅「(裏山を自然に観てしまう)
湯之助「そんなに雪が気になるかね。
志羅「たいてい、毎日ここに来ますから、クセになってしまいました。
湯之助「もうすぐ、収穫祭だ。それが終わると、すぐに冠雪が始まる。いやもう真っ白かな。
志羅「そうですか。
湯之助「秋は短くなった。
志羅「山の雪や海の色とは、無関係のご相談なんでしょ。
湯之助「(苦笑して)実をいうと、そのとおり。
志羅「代筆は久しぶりの仕事です。
湯之助「これは、お見通しだな。
志羅「他に私に出来ることなんてありませんから。

湯之助「副院長の市ヶ谷から奇妙な相談、いやmissionがあったろう。

志羅「まさか院長の恋文を代筆するとはおもっていませんでした。間狂言が現実になっているんですね。

と、二振りの鍔付き刀剣（日本刀）を手に、市ヶ谷が現れる。

市ヶ谷「ご用意いたしましたが、院長。（差し出す）

湯之助「（受け取って）志羅くん、このあいだは断ったが、今日は頼みごともあるので事情がチガウ。刃引《はびき》してあるので心配することはナイ。一太刀、手合わせ願いたい。

志羅「（すんなりと）よろしいですよ。（と、一刀を手に取る）

湯之助「（懐から三尺腰帯を出して）使いたまえ。（志羅に手渡す）

市ヶ谷「聖職の身上ではありますが、この勝負の引き合いを務めさせて頂きます。

湯之助「知ってのとおり市ヶ谷くんは二刀流だ。両刀使いとも影では云われているがナ。

市ヶ谷「私の二刀流は陰流です。だからでしょう、陰口で何かいわれるのは。

志羅「帯をありがとうございます。（巻いた帯に刀を通した）

湯之助「（こちらはすでにその用意はしてあったとみえて、腰の刀を抜いた）では、

志羅「北辰一刀流、青眼の構えですね。（と、弓手八相）

湯之助「弓手八相か。（といいつつ、構えをやや上段に移し、少し手首の角度を変える）

志羅「（いままで比較的穏やかだった表情が強張る）その刃の位《くらい》は、まさか、

湯之助「ご存知か、北辰一刀流秘伝、峰崩し。

志羅「やっぱりそうですか。院長、とても目録程度の腕じゃナイ。皆伝以上だ。（と、こちらも構えを下段に降ろした）

湯之助「ほほう、きみもさすがだな。子供のときから祖父に仕込まれただけはあるな。

志羅「ここは畑ですから（下段の構えは／土の構え／ともいわれる）。

湯之助「土の構えか。しからば、（切っ先がさらに上がった）

志羅「（それに応じるかのように、刀身を後方に引いた。脇構えという。右足を引き体を右斜めに向け刀を右脇に取り、剣先を後ろに下げた構え方がふつうだが、志羅の場合はそもそも弓手なので、足と刀と切っ先は逆になる）ではこちらも、しからば、で参ります。

湯之助「脇構えとは。あくまで峰崩しを封じるつもりか。

志羅「ほんとうに存在したんですね伝説の奥義《おうぎ》、峰崩し。北辰一刀流がまだ北辰夢想流と称された時代、相手の剣の峰を刃で叩き落とすか、その峰を滑らせて真っ直ぐ相手の眉間を逆さ斬りにする伝説の技があったとか。もはやあまりの修業の難しさに受け継ぐものはい

なくなったと聞いておりました。

湯之助「千葉周作ですら会得出来なかったといわれる太刀筋だが。

志羅「なるほど。じゃあ、こちらは覚悟しなければなりませんね。

と、脇構えをそのまま下段に戻して、いま、志羅の剣の切っ先は、正中線の真下、刃を上にして地面に浅く突き刺さっている。

暫しの間。

湯之助「中国の四大奇書の一つ『水滸伝』によると、主人公の林中と同等の達人剣客、青面獣揚志との決闘は四日四晩の睨み合いが続いたというが、いま、わしと、きみの場合、死を恐れぬ者に分がある。志羅さんよ、何故貴君に死の恐れが無いのかはワカランが、このままでは相討ちとなろう。刃引きとはいえどある程度の深手を覚悟しなければなるまい。鐘谷志羅、この勝負きみの勝ちだ。私は死ぬつもりも怪我で倒れるつもりもナイ。(刀を納めた)

市ヶ谷「この勝負、伯仲fifty-fiftyと認めて候、よって勝負預かり。

志羅「(納めて、帯から鞘ごと抜いた)いったいどれほど思い詰めてらっしゃるのです。

湯之助「ワカルのか。

志羅「北辰一刀流、伝説の構えまでみせられれば、およそのことは。

湯之助「収穫祭はもうすぐだ。それが過ぎると、私はここの任務を離れる。コンプライアンス（「法令遵守」、現代では、社会規範の要請に従うことなども含む広い概念）における定年退職、退官だ。このサナトリウムから去らねばならない。宮仕えだからな。

志羅「連れて行っておやりなさい。小夜さんの疾病は治癒しているんでしょ。

湯之助「市ヶ谷くんに聞いたのか。仰せのごとく、彼女のテーベーは治癒というか誤診だ。何かの手違いで他人の胸部スキャンとの取り違えだったようだ。いや、お恥ずかしい。老いらくの恋というものは治すクスリも方法もナイ。小夜を引き止めるだけ引き止めてしまった。こんな危険なところに、だ。できれば、いまの勝負に勝って、貴君に恋文の代筆を頼みたかった。もちろん、小夜の貴君に対する恋心を知っての上でだ。医者というもの、疾病の解説やカルテは書けてもromanticなコトバは出て来ぬものなのだよ。

志羅「恋文ならお書きしますよ。

湯之助「そのコトバ、信じていいのかね。

志羅「私の仕事はゴースト・ライターです。

湯之助「けれども小夜はきみのことを慕っておるぞ。輪廻の恋だそうだが、それは貴君も承知のはず。きみはあの噺家の宣《のたも》ふていた、輪廻の恋愛とやらを信じているのか。

志羅「そうであって欲しいとはおもいます。五つのときの初恋に、いま巡り逢うなんて信じられませんが、アインシュタインの相対性理論も当初は殆どの物理学者には眉唾ものだとおもわれたんですから。

湯之助「恋と科学はベツモノか。

志羅「どうしてどうして、同じものだとボクはおもいます。

湯之助「なのにきみは小夜を、

志羅「ボクには、輪廻の恋が存在するにせよ、そうでナイにせよ、重なった波の動きに自信がアリマセン。ハッキリいえば、あまりいい予感というのがしないのです。

湯之助「あの程度の喀血でそんな弱気なことを。

志羅「私がむかし愛した人たちが、いえっ、このテンガロンがそういうのです。

湯之助「祖父さんの形見がかね。難しいもんだな。

志羅「さて、書きましょう恋文を。

湯之助「ここでかね。

志羅「筆跡はごまかせませんから、いまから私のいう文句を記憶して下さい。記憶はdoctorなら得意なはず。それに恋文などはsimpleなものがいいのです。

湯之助「よし、ワカッタ。

志羅「(語る)

／親愛なる小夜さま。
貴女《あなた》の疾病は、完全に治癒いたしました。おめでとう。
貴女は無事日常の生活にもどることができます。
愛しき野薔薇、野浦小夜。この言葉を添えて、あなたの生還をお祝いいたします。
野ばらはいま風にゆれ、その姿は後世に伝えられるほどの美しさです。
私はできれは、その美しさを愛でながら命を完《まっと》うしたくおもいます。
小夜さん、あなたは未だあした来るひと、私はきのう生きた者。
それは承知の告白をお聞き下さい。
暫しのあいだ、私の傍の花瓶の中で一輪の野ばらの貴女を愛したい。
切なる告白です。心よりの願いです。
どうぞ、お聞きとどけあらんことを。

愚禿　伊藤湯之助／

志羅「よろしいでしょうか。

湯之助「いや、充分。

志羅「記憶されましたか。

湯之助「もちろん。ちゃんと記憶して、全部棄てた。

志羅「棄てたっ。ダメでしたか。

湯之助「いや、恋文は上出来だ。しかし、花は愛でるものだ。手折ってはいかんナ。それにやっと気づけた。志羅くん、きみには勝てないな。いまの恋文は、きみが小夜にあてたものだ。

志羅「それは、思い過ごしですよ。でも、小夜さんが健康なカラダで良かった。まだまだ散るには時間がいっぱいありますよ。

湯之助「なあに、志羅くん、治るよ。きみも必ず治る。COVID-19を生き抜いたんだからな。

志羅「そうありたいですね。

湯之助「医学なんてものは、まだまだマチガイにテチガイだらけの科学だ。しかし、マチガイなく進歩はしている。たとえ命を救っても、ヒトは必ず死ぬようになっている存在だから、かんがえてみれば虚しい仕事なんだが。

志羅「医学が虚しいというより、ヒトが悔しい存在なのです。（少し口ずさんでみる）

〽空よ　目をそむけるな
みえないふりをするな
空よ　おまえだけが
うつくしいものと　忌むべきみにくいものを
みているのではない

海よ　こころを閉じるな
知らないふりをするな
海よ　おまえだけが
すすりなくこえと　ほほえみのぬくもりを
かんじているのではない
空よ　海よ
果てなくみえるものは　何故　哀しい

市ヶ谷「湯之助院長さすが見事な引き際。と云いたいところですが、さっきの恋文、お渡しになれば如何ですか。せっかくなんですから。私も聞いていて胸が熱くなりましたよ。そうして、志羅さんのいうとおり、連れて行っておやりなさいよ。でないと、サドの『ジュスティーヌ・美徳の不幸』その最初の不幸のように私が小夜を頂戴することになりますよ。

湯之助「かの小説の聖職の坊主に倣って彼女を処女のままで犯そうというのかね。

市ヶ谷「さぞや味わい深いかと。

湯之助「(呆れたように)この両刀使いが。

市ヶ谷「二刀です。二天一流でも武蔵円明流でもなく陰流の二刀です。どうです、志羅さん、今度は私と一太刀交えますか。(と、なるほど、二刀構えた)

志羅「(鞘を払った)陰流二刀の流れ、受けて立ちましょう。

市ヶ谷の二刀は大小だ。陰流の二刀はまず、両刀を頭上に垂直に揃えて構え、次に扇に広げると、小刀を相手に向け、大刀はゆっくりと回転させる。相手の一の太刀を小刀で受け止め、大刀で打ち込む。ちなみに二刀流という流派は存在しない。一刀流々派をのぞくたいていの流派には、大小二刀を用いる戦法が在ったからだ。

両者、詰め寄って、刀が交わった。

と、ここは小夜の出番となる。お決まりとはいえ、それがfictionだ。

小夜「志羅さん、市ヶ谷牧師、もうおやめになって下さい。志羅さんはご自分の命の残りをご存知だから、いろいろと諦めていらっしゃるのですね。諦めというコトバがいけないのなら覚悟とでも云いなおしましょうか。あるいは希望。そう、希望がイイ。私が輪廻してここで二人が邂逅したように、今度は志羅さん、あなたが新しい波になって私に重なり合って下さい。それまではあなたの恋文をずっと私に届けて下さい。

志羅「小夜さん。

小夜「志羅さん、私はあなたからただの一通も恋文を頂戴してはおりません。もし、みつめあうときだけがあなたの小夜姫になるのなら、そのときだけ私を恋してくださるのなら、私はあなたの瞳の奥に焼きつくまであなたをみつめ返します。ですから志羅さん、あなたも私をそんなふうにみつめて下さい。私は少女剣士小夜姫です。でも、野浦小夜でもあるのです。二人は輪廻の同じ輪なのです。そんなこときっとオワカリですよね。そうしてどうか恋文を下さい。少女剣士小夜姫と、小夜とに恋文を下さい。ゴースト・ライターでない、鐘谷志羅の恋文を。あなたのテンガロンに誓って下さい。恋文を書くと。どうか、どうか恋文を下さい。

ここは、どうしても時の運びに一曲入れねばならないだろう。小夜の歌。

〽みしらぬ海を　三角帆の船はゆく
ルソン　アンナン　カンボジア　はるかオランダ　エスパニア
ふり向くな　心ぼそくなるだけだから
ゆく先など　もとよりない　この航海
みしらぬ海を　三角帆の船はゆく　波だけをのこして　波だけをのこして
みしらぬ海を　三角帆の船はゆく　涙だけをのこして　涙だけをのこして

7

芋焼きて　恋文燃すや　祭の火

あの土堤だが、べつの場所に野外テントなどが建てられ収穫祭が行われているようだ。
志羅と小夜が海をみつめている。

志羅「たった五歳のボクは恋というものも知らず、ブラウン管の映像の少女剣士にこれまでになかった胸騒ぎだけを感じて、このひとは何者だろう、どんなひとだろうと、そればかりのテレビの前の三十分でした。後年その女優の方が交通事故でお亡くなりになったと知ったとき、ボクはまだ十歳。とても幼い恋心を持ったままボクは泣き崩れました。ああ、あの少女剣士はもういないんだ。鈴鳴りの音は永久に止まった。それならボクの心臓の音も止まればいい。みんなみんな、虚構、絵空事。多感な少年のかんがえた作り話。そう心の底に仕舞い込んでおきました。それにしても、不思議な再会、出逢いになったものです。

世間と隔絶された施設で、あの少女剣士と邂逅するとは。これが作り話なら永久に終わらないで欲しい。五十六話で完結なんてしないでほしい。最終回はこないで欲しい。

小夜「二人の乗った船は、世界を回りましたね。ルソン、アンナン、カンボジア、はるかにイタリア、エスパニア、ほんとうに世界の海を旅しましたね。あの三角帆たなびく下《もと》、甲板に立って刀を構え、危機に陥《おちい》りそれを脱する。演じていても胸踊りました。

志羅「いまとなっては、あなたが二十歳でこの世から去ってしまったことが、不遜な云いかたになりましょうが幸運だったような気がします。そのおかげで、輪廻の少女剣士は多くの哀しい恋をすることもなく、いま、ここにもどって来ている。

小夜「はい。小夜姫はここにいます。

志羅「小夜姫にそれが恋慕だと知らぬままにも恋をしていたボクもここにいる。

小夜さまへ。鐘谷志羅。

小夜「はるか彼方に志羅の恋文。うん、いいよ、とてもいい。

と、ほんとにいいムードになってきたのだが、良平が夢だか新聞だかを破れそうに広げて駆け込んで来る。その後を金次郎が追って来る。

良平「新聞、新聞読んだんだよ。

金次郎「(追いついて) 何、慌ててんだ。ナニを読んだ。

良平「戦争だぜっ

金次郎「戦争っ。

小夜「戦争、(志羅に) 何かしら。

志羅「何処が戦争なんですか。

良平「コロナの次は結核で、とどのつまりが戦争だ。

金次郎「だから、どこでなんだよ。何処かの国が攻めて来るとでもいうのか。

良平「主体主義独裁小国と中華大国が日本の国力衰弱をついて侵略を開始の様相、東南シナ海と尖閣諸島で一触即発。

金次郎「ついに始めやがるのか。

小夜「志羅さんっ

志羅「ほんとうなら、タイヘンなことです。

良平「ほんとうだよっ、新聞に出てるんだ、この記事、このニュース。

金次郎「(新聞を良平から取り上げると、読む) おっ、こりゃほんとうだっ。志願兵募るとまで書いてある。志願兵か、自衛隊もコロナと結核で人材不足なんだなあ。

良平「ここ、どうなるんだろ。

金次郎「タイヘンなことには、なるだろうよ。

小夜「志羅さん。（不安げに志羅をみる）

志羅「（その不安を投げかけるよう振り向いて山を観た）雪、雪はまだだろうか。

志羅は山を、小夜はそんな志羅を、良平と金次郎は新聞をみている。

8

新雪を　蹴散らして観る　木々の道

ここで初めて私たちの観る景色はあの土堤と畑の景色から、裏の山の雪原あたりへと飛ぶ。

志羅は、そこでフード付きの防寒ジャケット（ドイツ語でいえばJacek）を身につけ、スキータイツに履き替え、ゴーグルをして、スキー靴を装備し始めている。麓まで森林を抜けて滑降しようというのだ。

↓映画だと簡単にこのシーンに移れるのだが、舞台はそうはいかないので、山中の雪の中に立つ志羅の姿と、サナトリウムの人々を同時に観るtechniqueに頼るしかナイ。

良平「どうなっているんだい、金次郎さん。（新聞を覗き込む）

美紀「どうなのよ、金次郎さん。

金次郎「あんまりいいことは書いてないな。よくはねえってことだ。
百恵「せっかく生きていこうかって気分だったのになあ。
市ヶ谷「いまは中華大国の国力、軍事力は民主主義連合よりも上ですよ。
湯之助「GDPも合衆国を三年前に追い抜いている。
良平「なんで、中華がそんなに。ラーメンの値上げかナンカしたのかよ。
市ヶ谷「中華はアジアの貧困国、途上国に銭を貸し付けたワケです。その手段がコロナワクチンの大安売り。治療効果は五十パーセントくらいだったらしいですが、殆ど無料ですからね。その見返りに資源をごっそり持っていったと、そういうワケです。
湯之助「おおせのとおりだな。
小夜「(駈けてきて) 志羅さんの姿がみえないんですけど。
栄子「朝食はとっていたようだったけど。
美紀「部屋にはっ。
小夜「片づいているの。それと、これっ、
百恵「これは、ポリアンプの空き箱だ。
湯之助「そういえば、三日前から裏の山は冠雪していたな。
栄子「きょうなんか真っ白ですよ。

小夜「山。まさか志羅さん、あの山に。

湯之助「滑りたがっていたからなあ。

市ヶ谷「滑ることは出来る。けれど頂上付近まで登るチカラが無いんです、と志羅さん、すがる目付きで云うもんですから、

栄子「市ヶ谷先生なんですか、志羅さんに治療用アンフェタミン（と、空き箱を突き出す）

市ヶ谷「盗まれたんだ。まあ、ちょっとした油断だな。

ふつう映画などでは、木々の間を大滑降（競技などでは大回転とかいわれる）の映像、あるいは、それらしいpose、styleなどの演出で、志羅のmonologueが入るのだが、志羅はあの、端っこの一本の木に凭《もた》れて恋文を諳《そら》んじている。

サナトリウムのみなさんは裏山を（あるいはスクリーンを）観ているが、love letterを諳んじている志羅に気づくのは、小夜だけだ。

志羅を観ながら、志羅の恋文を聞いている。

志羅「（ここは、書籍を読んでいる）とどこおりなく準備を終えた創造者アルフはふとしたはずみで、芥子粒よりもなお小さいエネルギーの粒子が一粒

その手のひらから零れ落ちるのに気づかなかった
収束点列の最初の点ともいえる粒は、そのまま空間を穿って　インフレーションを起こすと、次に大きく爆発した　それがビッグバンと呼ばれるものだ
創造者アルフは、同じく創造者のヨシュアとユダに、生じてしまった世界を観てくるように頼んだ
晴れ渡った宇宙を観たヨシュアはユダに／これは失敗作だ／とアルフに伝えるように告げた

　ヨシュアはその失敗作の世界にとどまった。

（ここからは諳んじる）小夜さん、いま読んだのは、信玄亭万蔵師匠の原稿の序文です。ゴースト・ライターのボクはリライトを頼まれました。それが終わったいま、ボクは闘うために一兵卒として戦列に志願するつもりです。

　ボクはここに来るとき、病を癒して生きて還るつもりでした。けれども月日が経って、それは難しいことだとワカリマシタ。その代わり、小夜さん、あなたとの輪廻の恋も知りました。小夜さん、あなたとここの人々を守りたいのです。守れるのか守れないのか、それはテンガロンにもワカラナイ。裏の山に雪が積もりました。頂上から麓まで滑降を試みて、それで、お別れです。

さようなら、小夜さん、でも、また逢いましょう、小夜さん。

彼方から

志羅

小夜が恋文を聞き終えた頃に志羅の姿は木の傍にはみえない。いつの間にか小夜は海をみつめていたのだが、静かに振り向いて、白い雪の山を観る。(〜志羅さん、いまごろあの山を滑っているんだ。どの辺だろ〜。とココロの声)

字幕が出る。

／鐘谷志羅の戦死届けは、一ヶ月後、サナトリウムから娑婆へ戻ることになった小夜充《あ》てに届いた。志羅の遺品はテンガロンハット一つだけであった／

小夜、テンガロンハットを被る。大きくて顔は半分隠れるが、愛らしく蠱惑《こわく》な唇がのぞいている。

終幕

エリゼのために

プロローグ

一九七一年晩春、とある地方都市で十七才の少女が自死を遂げた。その頃の世間を眺望すれば自殺者などめずらしくもない風潮だったので、これはその地方の新聞の片隅に報じられて、その後は近親者、関係者などの、ある特定の人々以外の記憶からは忘れ去られてしまった。彼女は全国の年間三万人程の自殺者の一人に数えられただけだった。

当事者の彼女はその街の県立高校を卒業したばかりで、在学中は演劇部に在籍していた。死因は睡眠薬を大量服用の後、普段着のまま根雪の残る山腹に横たわったことによる凍死であったが、自死の動機、理由などについては何も明かされることはなかった。

司法解剖の結果、彼女がその時妊娠していたこともまた、一部の肉親に知らされただけで、極秘のこととして処理された。もちろん、身籠もっていた子供の父親が誰であるかということについても謎のままであった。遺書に該るものがあったらしいという噂も聞かれたが、事実は不明のままである。

年間に三万人を数える自殺者（認定自殺者のみ。推定を加えると十万人になる。この数値はこの先、半世紀近くを経ても変動していない）のある日本という国においては、ありがちな自殺事件のひとつではあったが、彼女の自死に、これから述べるような顛末が存在していることについては、知る人はいない。

〔1〕

黒い甍《いらか》と、人の気配の希薄な田園の風景が、先程から幾度となく車窓の外に流れてはトンネルの闇に消えた。

それを平穏といえばいいのか退屈といえばいいのか、まさか黒煙の吹きあげる大火などを目の当たりにみせろといっているわけではなかったが、クレ・ケンスケは凡庸な景色にいくぶんかの焦燥と屈託を感じながら、軽く腕組みをしたまま、頭のなかに最近終わったばかりの陰惨な事件の残像を浮かべていた。

何の因果というやつか、警察官などという職業についた自分が少なからず悔やまれる、報いの少ない嫌な事件だった。しかし、それも終わってしまえば、あとは検察のファイルの一冊となって棚で埃にまみれるだけのものである。経験がどんどんと神経を愚鈍化していって、やがては死体も大根も同じような眼で観られるようになるのかも知れない。そんなふうになるのがいいのか、それとも、そんな惰性の下に感性というやつを鈍らしてはいけないのか、今のところ駈け出しの私服刑事、巡査長の身分では判断がつかなかった。

ケンスケは、もうそのことは払拭してしまえと、わざと大きな伸びをした。百八十センチ八十キロの体躯が座席を揺らした。

電車はすでに行程の殆どを走り終えようとしている。あと、ものの十分もすれば目的の地に彼は降りるだろう。これから旧友に会うのだ。最も親しかった高校時代の友人の顔を、ずいぶん久し振りにみることになる。

そうか、もう十年たつのか。……

確かに、思い起こせばあの時代は美しいものに違いなかった。記憶はつねに美しく装われるべく努める。多感な時代であった。熱く幼く激しく生きたあの三年。そして、不慮の死。愛する者の〔死〕、その事実に彼の表情はまた曇った。

ふいに、車窓に海がみえた。

海か。ああ、そういえば、海に行ったか。十七の夏ではなかったか。

彼の脳裏に、一人の若い女性のしなやかな姿態が浮かんだ。

「エリゼ」

そう彼は呟いた。それから、真顔になってかぶりを振った。しかし、若い女性の真っ青なセパレートの水着姿は瞼の裏から消えはしなかった。

眩しい。眩しいという形容がこれほど見事に当てはまる光景はないのではないかと、彼には思えた。

空の色、海の色、太陽と砂、そうして彼女の青い水着。何も彼も眩しすぎる。油絵でも水彩でもない、光で描いたような鮮明な記憶が彼の眼の前にありありと映った。

彼はズボンのポケットにねじこまれたままの一通の封書を取り出した。それから便箋の文面を思い起こした。

「のっぴきならない事情、ね」そう彼はつぶやいて首を傾げた。

あいつが寄越した手紙に決まっているのだが、部活のOB会の勧誘にしては奇妙な文章だった。彼は二十日ばかり前に受け取ったその手紙の、他人行儀にあらたまった内容に、小さな胸騒ぎを覚えていた。

俺たちは再会をしない約束だったはずだ。たった五人の小さな演劇部。男子生徒が四人に女生徒が一人。恋があった。友情があった。そうして最後に〔死〕があった。だから俺たちは再会を禁じたはずだった。いまさらどうしたというのだ。

「どうしても解決しなければならない問題、か」封書に視線をおとしたまま、彼はまた手紙の文面の一部を諳んじた。

やがて、降りるべき駅の名がアナウンスされると、クレ・ケンスケは席を立った。それから、わけのワカラぬ嫌な予感を吐き出すかのように、大きな呼吸をひとつ、した。

〔2〕

曇天のはざまから時折ふいに顔を出す、いかにもうざったい、情緒のかけらすらない初夏の太陽だった。

イトウ・コウサクは、田舎の町としてはめずらしく、うだった午後の商店街を歩いていた。終日その辺りをうろついているような気分だ。せっかくの休みだというのに、いったい自分は何をしているのやら、朝から落ち着かずに、こうやってただ町をうろついている。彼は、自分の悪しく高揚している神経に苦笑した。

選挙の時でもこんなに興奮することはなかった。どこかしら醒めていながら候補者の名前を宣伝カーから連呼している自分というやつがいたはずなのに、このときめきにも似た気分はいったい何だ。

馬鹿々々しい。もう三十になろうとしている男が、しかも、政治などという最も現実的な渡世に足を片方突っ込んでいる男が、旧友と再会するというだけで、こんなに心が騒ぐとは。今日は努めて冷静に振る舞おう。彼はそう思った。

別に予定していたワケでもないのに、自然に足が高校生の頃に行きつけだった店のある方向を向いた。そんな自分も可笑しかった。

何か、飲み物か食べ物でも買っておくか。商店街を通りながら、店先に並べられた果物や缶詰を見て、彼はそう思った。

大きなデパートなどない、地方の田舎町である。せいぜい四階建ての、中堅スーパーチェーン店が自転車置き場を満杯にして建っている、そんな小さな町である。それでもわずかに買い物客の姿をみせて、商店街は生きのびていた。その店頭に、近隣の独裁国の大衆がみたら思わず涎でも垂らしそうな、あふれんばかりの品物が積まれている。買い物袋を下げた人々が往来している。彼は、その中の一軒を覗きながら、ぼんやりと商品の山をみつめた。

その時、鋭い既視感が彼をおそった。思わず彼は眼を閉じた。彼はすぐにそれが何であるのかを思い出した。こんなことがあったのだ。そうだ。あれは合宿の日だ。高校二年の時だった。彼女と、こうやって二人だけで買い出しにこの商店街を歩いたことがある。

彼女、「エリゼか」彼はそう女性の名前を呟いて歩を止めた。

彼女はあの時何をいったのだろう。サイフの入ったバッグを持ちながら、商品を吟味して振り向いては、自分に何か語りかけたはずなのだけれど、あの口許の動きはカラー写真の一葉をみるように思い出せるのに、コトバが思い出せない。

たぶん、そのコトバを聞いている余裕すらなかったに違いない。二人きりで町を歩くという特権に酔って、上気していたのだ。

彼女は何といったのだろう。唇が動いている。声の音色も憶えている。しかし、彼女は何を自分にいったのか。

よりによって、こんなことを思い出すなんて。舌打ちをひとつして、缶ジュースを数本買い求めると、イトウ・コウサクはもと来た道をもどるようにして歩き始めた。

〔3〕

こんな土産物など、笑われはしないだろうか。

コイケ・ノボルは安物の腕時計にちらちらと眼をやって時間を気にしつつ、紙袋を下げて坂道を歩いていた。紙袋には信州蕎麦が入っていて、それは汽車に乗り込む間際に思いたって買い求めたものだ。彼は、紙袋を右手から左手に持ちかえると、さらにそれを胸に抱えて坂道の先をみた。

最寄りの駅から商店街を抜けると、しばらくして長い曲線の坂道になる。そこを登りきると目指す学校の正門がみえる。校舎は丘の上だ。坂道の中程から、その校舎が姿を現す。ああ、みえた。あれだ。何だ十年前と少しも変わっていやしないじゃないか。彼は額の汗を拭って立ち止まった。

いったいどうした風の吹きまわしなんだろうか、突然集まろうだなどと手紙など寄越したりして。まあ、断る理由は何もない。ちょうど勤め先の学校は夏休みだ。それに十年も経ったんだ。会ったって罰はあたるまい。彼はまた歩き出した。

しかし、と彼は思った。懐かしい思いでいっぱいのはずの胸の片隅に、得体の知れない不安があるのは何故だろうか。このコトバにならない鬱々とした陰りは何なのだろう。

女生徒の一団が反対側から彼の横を通り過ぎた。セーラー服ではないブレザーの制服は彼の在学当時のものと同じだった。胸に校章のワッペンが揺れているのが懐かしかった。彼はふっと微笑み、それからまた校舎を眺めた。あそこの教室で十年前は自分がノートをとっていたのだな。

と、その時、通り過ぎた女生徒の声が聞こえた。「……りこ」誰かが誰かの名前を大きく呼んだ。それを聞いて、彼は、心臓を冷たい手で掴まれたような気がした。

「エリゼ」思わずそう呟いた自分に驚いて、彼は慌てて急ぎ足になった。しかし鼓動の高まりと、それを制御しようとする意識の中にある幻影が滑り込んできた。

それは放課後の教室だった。机を挟んで一人の女生徒に数学の問題を説明しているのだ。女生徒の白い細い指が懸命にエンピツを走らせてノートに数式を書いていた。彼は心拍の騒がしさを抑えながら数式の誤りを指摘していた。

「方程式というのは、関数を等号で結んだものだと考えればいいんだ」

誰もいない教室。冬だったのだろうか、彼はマフラーを首に巻いていた。そのマフラーがどうしてか息苦しくてたまらない。突然女生徒が手を叩いた。白い歯が笑った。見事に問題が解けたのだ。女生徒が手を差し延べてきた。握手しろというのだ。彼は自分の手が汗ばんでいるのに気がついてそれを躊躇した。

と、そんな幻影が途切れた時、彼は自分が旧校舎の傍に立っているのに気がついた。急がないと遅刻かも知れない。彼はまた汗を拭うと駆け足で校舎に飛び込んだ。あれから十年も経つのに改装もされていない校舎のセメントの灰色が、稲妻が走るようにひび割れて、それはコイケ・ノボルに再び胸騒ぎを与えた。

〔4〕

まばらなお義理の拍手が響いて幕が降りると、気の早い舞台監督がもうナグリを片手に舞台に飛び出して来ていた。

タガワ・エイイチは楽屋の時計を睨んで、大急ぎでメイキャップを落とし始めた。最寄りに特急の停まる駅があるから、うまく乗り継げば遅れないで済みそうだ。彼は次々に楽屋に戻ってくる役者の一人ひとりに、おつかれさまでしたと声をかけ、今日は申し訳ないですが我がままをいわせていただいて、お先にここで失礼いたしますと丁寧に会釈した。

「女かい」と冷やかす者もいたが、大方は好意的に彼に応えた。予算の少ない劇団だから役者もメイクを落とすと、すぐに舞台のバラシにまわらなければならない。彼もいつもはナグリを手にして舞台に直行するのである。

荷物をまとめて一通りの挨拶を済ますと、彼は舞台監督にも一言声をかけるべくステージのほうへ急いで出向いた。

大方の装置はかたずいていて、もうトラックへの積み込みが始まっていた。見慣れた風景である。剥き出しになった平台、バトンが次々と降ろされて照明器具が外されていく。向こうの袖を見ると、上演中は闇であった懐にあかあかと明かりが灯っている。本番中の緊張はすでに何処にもない。と、やにわに床が沈み始めた。迫《せ》りでも降りているのかと思ったら、それは思いちがいで緞帳が上げられ始めたのである。遮断されていたホールの半分がゆっくりと姿を現した。誰もいなくなった客席が間延びした客電にぼうっと照らされて、現れた。

その客席に、忘れものでも取りにもどったのか、女生徒が一人駆け込んで来た。肩まで伸びた髪の片方をかきあげるようにして客席をキョロキョロとみている。

「エリゼ」彼は心の中でそう呟いて、首を振って頭をかいた。

と、誰かが彼の名前を呼んだ。振り向くと後輩の役者が立っていた。

「汽車の時間いいんですか。どうしたんですか、ぼうっとしちゃって」

そういわれて、彼は会場の時計をみた。ああ、そうだ。こんな感傷に耽《ひた》っている場合ではなかったんだ。彼はその後輩に笑顔を返すと、急ぎ足で客席をぬけた。まだうろうろしている女生徒が気になったが、彼は玄関でタクシーをひろった。

「駅まで」と、運転手にそういい、座席に身体をしずめると、また彼に思い出が押し寄せてきた。前髪を頬に垂らして頬づえをつきながら、楽屋の鏡の前で出番を待っているひとりの美しい女性の幻が、眼を閉じたタガワ・エイイチの頭の中を独占した。

「急がないと」

ふいに彼は腕時計をみて独り言をいった。

1

それは、私たちが卒業して十年余り、一九八一年の晩夏、夏の終わりが空の雲にも陽光にもチラつき始めたあたり、世紀末というコトバがほんの少々、社会という名の世間に現れはじめた頃である。

日本一の面積を誇る湖を眼下に、新開の丘陵地の中程にたつS県立西山高等学校には、新しく建てられた体育系クラブハウスと、旧校舎の一部を未だに活用している文科系の部室が、東西にグランドをはさむようにして軒を並べていたが、東側を山森にふさがれて、西向きに突き出すようにして建っている演劇部の部室には、設立以来ずうっとそうであったように、その日も強い西日がさしこんでいた。

当時でも珍しかった木造の校舎は、沈むのを惜しみながらなお地平線の重力に抗しきれずに落ちていく夕陽に照らされ、紗をかけた薄黄に染まり、木材の古く焦げたような色を際立たせていた。

どのクラブの部室を覗いても似たりよったりではあったかと思うが、とりわけ整頓の行き届いていない演劇部の部室は、書籍や台本から衣装やら大道具やら小道具、照明や音響の機材らしきものが壁の棚からあふれだし、椅子や机の間にこぼれて散在し、いまもそこが後輩たちによって使用されているということを物語っていた。

　やがて、そこに大柄な男が一人、夏用の薄い生地の背広を襟の部分で人さし指にひっかけ、片方の肩にヤクザにかついで歩幅も大きく、片手に持ったアンパンを無造作に食べながら現れた。

　彼は日に焼けた台本などパラパラと繰ってみていたが、やがてそれも放り出し、窓の外の黄色い風景を、過去へ遡る時間の緞帳をゆっくりと上げていくような眼差しでみつめ始めた。

クレ　ケンスケ二十八才。この高校を卒業した演劇部のＯＢ。

　ドアが開いて、次にその部屋に入ってきた、度の強そうな眼鏡をかけた男はイトウ　コウサク、やはりクレと同期のこの演劇部のＯＢだ。彼はケンスケがネクタイを無造作にズボンのポケットにねじこんでいるのとは大違いに、律儀に紺の背広を着込み、同系色の細いネクタイもキチンと結んでいた。

「時の経つのは、早いのか。それとも、十年余りの時間というのは長いのか」

　クレがいった。視線は呆っと外の景色をみつめたままだったから、独り言かも知れない。

　イトウもまた、手に下げてきた袋から缶ジュースを取り出して机に並べると、誰にいうでもない、聞き取りにくい呟きを口にして、傾いた手製の本棚から古いレコードを物色し始めた。

「ほお、このレコード、まだあるのか」

　何やら思い出のあるシングル盤を見つけたのか、イトウは懐かしそうに目尻を下げると、そのレコードをプレーヤーに置いて、針を落とした。

　レコードはいしだあゆみの『ブルー・ライト・ヨコハマ』を歌った。

「長いのか、短いのか、ミシマが割腹自刃したのは俺たちが卒業する前の年だぞ。あれから十年余りもたったとは思えないね」

　イトウはレコードに合わせてしばらく歌詞を口ずさんでいたが、やっとクレに応えるかのように軽い口調でそういい返した。

「そういや、万国博なんてのもあったな」

「あった。よど号のハイジャックもあった。ついこのあいだのことのような気がするが、もう十年だ。今年は山口百恵の引退で世間が騒いでるが、それだって、あっというまに十年むかしになるんだ、きっとな」

　イトウはそういうと朽ちかけた革張りの長椅子に腰をおろして、缶ジュースのプルタップを指で引き開けた。それから、一字一句間違えもしないでレコードの歌声に自分の声を重ねた。

〜ゆれて、私は〜ふんふんふん〜ゆれて〜腕の中〜

ここがいいんだというのがその歌を芝居に使ったときのイトウの口癖だった。じゃあ、やってみてよと、ちょっと悪戯をいってイトウの腕に腕を絡めたら、イトウは真っ赤になって「バカ、これは歌だ」と、理由にもいいわけにもならないことをいって、それっきりその口癖は終わった。ああ、体育館の裏の空き地を稽古場にした、あの時の夕陽のまぶしかったこと。焼却炉の煙ですらせつなく空に昇っていったあの夏の終わり。

クレは「いや、こうやって西日のまぶしい窓なんかに立っていると、なんか夏も終わるんだなあって気になってくるじゃないか。そういうことをもう何百年も前にここで思ったような、デジャ・ヴに襲われるよ。遠い昔に、ここで制服姿の俺が疲労困憊の夕陽をみて佇んでいたような気がしたんだが、あれは十年ほど前にしかすぎないんだな」

そういうとやっとイトウに向き直った。

「いやにセンチじゃないか。それでよく刑事なんてものが勤まってるねえ」

イトウは缶ジュースを一缶、クレに投げた。クレはそれを片手で簡単に受け止めると、親指一本で乱暴に栓を開け、さらに小指にプルタップをぶら下げて、ぐいっと飲んだ。それから、野球の投手がマウンドでみせる動作に似た仕種で左の肩を大きく回して、ふっと息を吐いた。これはこの大男の昔からの癖なのだ。

「刑事がおセンチなのはみなさんテレビで御存知さ」

照れながら気障な台詞を吐くのも昔とちっとも変わっていない。

「お前が刑事になるとは誰も思ってなかったな。西山高校演劇部のOBで刑事なんてやってるのはお前くらいじゃないのか、ケンスケ」

「刑事が高校時代に演劇やってたって、別にかまやしないだろう」

「そういえば、俺たちの卒業記念の公演に、ここの高校の第二期卒業生だとかいう演劇部のOBが観にきたが、黒い背広の胸にナントカ組の金バッヂつけてたな。桜組の手帳の刑事になるやつもいれば、敵の暴力団になってるやつもいるわけか。同じ演劇をやっていて、どうしてそうも行く道が違ってしまうんだろうな」

「そういうコウサク、お前だって大学の二年までに文壇にデビューするとかいっていきまいてたくせに、選挙屋いや、議員の地元秘書とはどういうことなんだ」

そういうとケンスケは少し皮肉な顔で微笑んだ。たしかにコウサクはそういうことを公言して憚らなかった。ひょっとしたらほんとうにコウサクが小説業界の人になるかも知れないという思いは、それぞれの胸の中にあったことはたしかだと思う。

「三十過ぎなきゃモノなんざ書けないさ。まあ、みてろ。そのうち政財界の内幕を書いて文学賞をかっさらってやるから。いつまでも代議士の地元秘書なんかに甘んじてはいないさ。今にイトウ　コウサクの名前の本が書店に平積みされるからな」

イトウは演奏が終わって針の音を軋ませているレコードを、丁寧にプレーヤーから引き上げた。

「書店に平積みとはいかないが、律儀だね我が後輩諸氏は、イトウ先生のシナリオが残してあるよ」

クレは本棚から製本の悪い、和文タイプで印刷された上演台本らしきものを数冊取り出すと、コウサクの目の前に突き出した。

「ほら、どうだ。懐かしいか」

「ほおーっ」

イトウは気乗りがしないふうを装って、そう返事した。

「たかだか三年の間によくお書きになりましたね」

「十本くらいは書いたんじゃないかな。半分くらいは採用してくれたろ」

「そんなに打率は良かったかな」

クレはお道化ていうと、その表情のままでもうインクの焼けて薄くなった文字を声を出して読み始めた。

「突然アナウンサーの登場、……臨時ニュースをお伝えいたします。臨時ニュースをお伝えいたします。昨今の社会情勢は大きく変動しました。醜《しこ》の御楯《みたて》といでたつ我は、大君のへにこそ死なめ、かえりみはせじ。兵士となって花と散った若者たちの生き残りは、ただいま闇屋となっております。ももとせの命ねがわじいつの日か、御楯とゆかん君と契りて。けなげな心情で男を送った女たちも、もはや位牌にぬかづくことも事務的となり、新たな恋人の面影を胸に宿し始めました。まこと人間はかくのごとしであります。ト、花道から学生服に日の丸の入った鉢巻きを締めた少年が、その少年の母らしき女性を背負って登場」

「おいおい、よしてくれ。顔から火が出るぜ」

とはいうものの、コウサクも満更ではないようなのだ。

「まあ、いいじゃないか。少年、母さん僕はきっと立派に死んで見せます。御国のために花と散ってみせますよ。ね、母さん。母、そうですねえ、と気のない返事。少年、母さんどうしたというんです。さ、いつものように笑ってください。母、はっとして、ああ御免なさい。今ね、死んだ父さんのことを考えていたんだよ。少年、向き直って、母さん、お言葉ですが、死んだ父さんのことはもう忘れましょう。さあ、それより、笑って僕を見送ってください」

イトウはそのせりふを台本をみないで、口にした。

「ほお、憶えてるのか」

「流行のアングラ芝居の向こうをはって書いた俺の処女作だからな」

「そうだったっけ」

今度はクレのほうが気のない返事をした。イトウは竹刀を持ち出すと、それを上段に構えて、台本の登場人物であるところの少年を演じてみせた。

クレは本を閉じて、それをイトウに投げて寄越すと、口許を緩めて鼻先で少し笑った。

「闇屋とか紙芝居屋とかあの頃のアングラにはよく出てきたな」

「そうだったな。『ああ、おじさん、闇屋だったおじさん、あなたが売っていた春を、いま犬が食うなんて』とかな。ははははは」

そんなせりふがほんとうにあったかどうか、コウサクにつられて、ケンスケも声を出して笑った。

ドアが開いた。

クレもイトウもそちらを見た。血色のよくない背の低い男の姿があった。

「遅れたのかな」

コイケ　ノボルだ。ノボルはすまなさそうにそう、小声で二人にいった。

「えっああ、コイケか。そうだな、コイケだよな。ははは、いやあ、懐かしいな。遅れてないよ、ピッタリだ」

イトウは御自慢のオメガに目を落とした。

「いや、なんか怒鳴ってたみたいだから」

「いや、あれはその、ははは。なんでもないんだ。ああ、ケンスケもいるぞ」

ノボルはケンスケをみると、戸惑いがちに軽く手を挙げて挨拶した。ケンスケはコイケの格好をしげしげとみて、「うん」と返事した。それから、

「変わんないな。ノボル、お前いま何やってるんだ」

汗の滲んだワイシャツの上からコイケの肩に、わざとガサツに手をヤルと、そういった。

ノボルは八重歯をみせて頭をかいた。

「教師だよ。そうだったよな」

ノボルに代わってイトウがそうケンスケに答えた。

「ああ。信濃の山奥で中学生に数学を教えてるよ」

今度はノボル自身が答えた。血色の悪い頬が一転してやや赤く染まった。

「そうか。イトウとは、さっき駅で会って一緒にここへ来たんだ」

「コウサクは、議員になったんだって?」

「馬鹿こけ、秘書だ、秘書。まあ、早い話が東京の代議士先生の地元選挙屋よ」

「この町にいるのか」

「ああ。しかし、いつまでもこんなところにゃいないよ。そのうち作家になって、東京へ出ていくからな。いまその話をしていたところさ。ところで、コイケ、このクレ　ケンスケ先

生が何をやってらっしゃるか知ってるか」

「さあ、ケンスケは役者としての才能があったから」

「才能、うーん、まあそれは置くとして。いいか、刑事だぞ。デカだよ。信じられる」

コイケの言葉を遮って、大袈裟な身振りでイトウはいうと、ノボルの背中をドンと叩いた。

小柄な身体のノボルは思わず前によろめいたが、

「ええっ、ああ、そうか。いや、ケンスケは正義感が強かったから。ああ、うん」

とりあえずといった調子のそんな返答をした。

「お前、身体でも悪いんじゃないのか。何か影が薄いな」

コイケのボソボソとした声の返答を聞いて、イトウはそんな大袈裟をいった。

「コイケの影が薄いのは昔っからだ」とケンスケが笑った。

「そういわれれば、そうか。ははは」

イトウも仰《の》け反《ぞ》って笑った。彼のそういうオーバーアクションも、今日ここで久し振りに目にしてみれば懐かしい。

「後は、タガワだけだな」クレがいった。

「ああ、エイイチなら昨日電話があった」

ジュースの缶をコイケに渡すと、イトウがクレに応えてそういった。

「来られないのか」

「いや、少し遅れるかも知れないって」

「タガワは何をやってるんだ」

「いやあ、まったく運命なんてどう転がるか知れたもんじゃないね。あの大根がいまだに演劇の夢捨てきれず、どこだかの劇団で俳優をやっているらしい」

「俳優ね」

「三十近くなってバイト暮らしだそうだ。ま、かくいう俺もおやじが、いやつまり代議士先生が次の選挙で落っこちれば、無職渡世になるんだがな。私設秘書のつらいところさ」

「なるほどね。国から給料の出る秘書は議員一名について二人だけだからな」

「さすが刑事、よく御存知」

噂をすれば影、呼ぶより誹れという諺を、現実に証明してみせるかのようにドアがいきおいよく開いて、タガワ　エイイチが駆け込んできた。

「ああ、間に合ったみたいだな」

サファリジャケットにジーンズをはいて、登山用の帽子を被り、手には大きな旅行用のリュックサックを下げている。

「おお、エイイチ」クレが駆け寄った。

「タガワぁ」また仰け反るようにしてイトウがいう。

「今、噂してたところだ」

クレはタガワのリュックに手をかけてそれを預かると、軽々と持ち上げて机の上に放り投げ、それからエイイチの肩を叩いた。

「本番の後の片づけがあったんだけど、劇団に事情を話して、今日は勘弁してもらったんだ。出先から駆けつけて来たよ」

タガワはそういって、手拭いで汗を拭った。

「東京にいるのか」

「とても、そんな、千葉に住んでる。今日は浜松で公演があったから、そこから直接こっちへ来たんだ」

汗を拭く手を休めると、タガワは部室をながめてみて、初めて懐かしそうな顔をした。

「何だ、ちっとも変わってないな。いまでもここ使ってるのか」

「みたいだな」イトウがそう返事した。

「みんな、どうしてた。元気か」

明るく笑顔を作りながらタガワは今度は三人を順にみていった。屈託のないところは高校生の頃と同じだ。まるで変わっていない。

「ああ、元気だ。なあ、コイケ」

元気そうにみせているのだろう。だけどまるでマリオネットの人形のように腕を屈伸させながら、そうイトウは答えた。

「ああ、元気だよ」

コイケもタガワに返事したが、俯きかげんの青い顔はあまり元気そうではない。

「俺は議員の地元秘書、クレは刑事、コイケは長野で教師をやってる」

「そうか、みんなしっかり生きてるなあ、俺は」

「みんなには話したよ。タガワ、お前が一番夢のある生き方をしているよ、な」

議員秘書の仕事が染みついてきているのかも知れない。イトウのそのいい方は、いわゆるヨイショをしているふうに聞こえなくもなかったが、

「そうだな。なんだかんだいっても、芝居を続けてるのはお前だけだからな。うらやましいよ」

そういうクレのコトバに救われた。

「いや、そんなうらやましがられるほど、いいもんでもないよ。毎日が地方まわりのドサまわりだからな。みんな結婚は」

タガワの問いにそれぞれ顔を見合わせたが、

「刑事にゃ嫁はこないよ」

「俺はまだ自由でいたいしな」

「薄給の数学教師じゃねえ」

「俺は、もう、推して知るべし」そう順番にそれぞれ吐き捨てて、

「みなさんチョンガーなわけか。ははははは」

イトウの煽《あお》るような笑い声に苦笑いを作った。それから、何かしら笑わないではいられないといったふうに声を出して、みんな一緒にほんとうに転がるように笑った。懐かしさが笑い声となってそれぞれに吹き上がった、と形容すればいいのだろうか。

けれど彼らがほんとうにココロの底から笑ったのかどうか、それはワカラナイ。ただ、いえることはひとつ、彼らはまだ知らなかった。ここに集まったことにいったいどんな意味があるのか、それが如何なる深謀の下に企てられたことであるのか。今日《きょう》、記憶の甘い果皮を裂《さ》いて戦慄《せんりつ》すべきある事実が、彼らの前に明かされようとしていることを。

2

重力に対する夕陽の抵抗はまだつづいていた。湖は鯉の鱗のように金色に輝きながら波を立たせ、その照り返しとも思える眩しさが、ひび割れたままになっている窓ガラスに反射してきらめいていた。

裏山からは、夏の終わりを告知するかのような法師蝉の声が、彼らの耳にとどいている。

「これで全部そろったわけかな」とタガワがいった。

「エリゼをのぞけばな」

そうクレは、タガワに答えていったのだが、その台詞は、不用意な一言であったようだった。その一言のせいで、みな、突然申し合わせたかのように沈黙した。

周囲の雑音すら一瞬、途切れたように感じられた。

蝉の声の中で時間が止まった。

「いや、すまん。しかし、」

やがて時が解凍されたかのように、ほっとため息をつき、

「いいんだクレ。みな思いは同じなんだから」

ケンスケが謝罪の辞をいい終わらないうちに、右代表でそういったのはイトウだった。コウサクの性格がさせた配慮は、重い沈黙の矛先がケンスケに向かうのをくい止めた。

「そうだよ。ケンスケ、気にするな」

気配を読んで、屈託なさそうな笑顔をつくるとタガワもそういった。

「口に出ないほうがどうかしてるよ」

コイケですら、努めて明るい口調に優しさをこめた。

「もう、やっぱり十年余りになるのか」

しかし、いい出した手前からか、クレは、それぞれが懸命にみせるつくった笑顔からは遠い、苦渋すら感じさせる声で低く呟いた。

「卒業した年の翌年だったからな」

タガワも仕方なくといったふうに笑みを消すと、クレに調子を合わせるかのように低い声でそう応えた。

「そうすると俺たちは、ここでエリゼと過ごした三年間の、あの高校生活の、その三倍よりもっと長い時間、生きてきたことになるな」

クレは溜め息混じりにいうと、胸のポケットから煙草を取り出した。それから、その煙草に火がつけられ、煙がケンスケの周囲にたなびくまで、誰一人として口をきくものは無かった。

漂ってきた紫の煙を伏せ目にみながら、最初に〔あの頃〕を懐古するように述べたのはタガワだった。

「あの三年間は、この十年にくらべると百倍も千倍も長くて、それから一万倍も短い三年だったなあ。いや、まるで芝居のせりふのような文句になるけども」

「そんなことはナイ。ほんとにそうだよ。夢のような、というか今、あの頃のことを思うと夢のような、夢の、」

コイケが軽く拳を握って唇を歪めた。それを聞いてまたタガワが静かに語る。

「夢じゃないよ。そうだ、この部室だ。ここだよ、エリゼはここに座っていた。ここに立っていた。ここで笑っていた。ここで生きていたよ。憶えてるかアレ。七十年安保で学園紛争が盛んだったよな。俺たちも何かやんなきゃと学校当局と果敢に対決して、ここに立て籠もったじゃないか。あれはなにが原因だったたっけ」

「イトウ先生のお書きなったシナリオの上演をめぐってじゃなかったかな」

クレは机に放り投げた先程の台本に視線をくれた。

「いや、あれは俺だけが書いたんじゃないよ。みんなでこの学校の理不尽な校則というやつをテーマに台本を作ったんだ」

もはや入水寸前の太陽の茜色に染められながら、彼らの脳裏に当時の記憶が舞い戻ってきた。

「いい出しっぺはエリゼだ」

と、コイケが、待ちきれなかったからなのか、あるいはそれなりの勇気というやつなのか、ボソっと小声でそう付け足した。

「当局、つまり学校側から上演を拒否されて、そいでさ、俺たちなんか退学になるかも知れないからってビビッてたのを、エリゼにケツを叩かれてさ。いったよエリゼ、何よ男のくせにって、そいでここで五人で籠城したな。抗議文なんか考えて、それをエリゼがあの和文タイプで徹夜で打ってくれて、ビラ刷ってさ、俺たち。そいで、校門の前でみんなでそのビラを、登校してくる生徒連中に配ったよな。タイトルが、『学校当局は表現の自由を守れ！我々は侵害された表現の復権にむけてここに立ち上がる！』だったかな」

「ああ、そうだそのとおりだ」イトウがうなずいた。

「生徒指導部の体育の教師が竹刀もってやってきたな」

クレはそういってイトウが先程余興に使った竹刀を取り上げると、ぶうんと音の出るほど、それを振り回した。

「俺たちはもう逃げ腰だったんだけど」

竹刀を避けるようにしてイトウが苦笑いした。

「エリゼは体育の教師の前に立ちはだかると、～殴りなさい。そうして思い知りなさい。人が人を殴るということの罪の重さを～。そういったんだ。ヒェーッ、エリゼ、格好よかったな。ヒェーッ」

クレは竹刀を肩にかつぐと、髪の毛を掻きむしって、そんな奇声を発した。

「菩薩のようだったな」

とエイイチはクレとは反対に静かにそういうと、

「いや、彼女はクリスチャンだったから、菩薩でなくて聖母マリアといったところかな」

と、記憶の形容を訂正した。菩薩、聖母マリア、いや修羅だったかも知れない。

「上演の許可がおりたときは、みんなして抱き合って泣いたよな」

今度はコイケが興奮して、息を荒らげた。

「出し物は何だったっけ」

タガワがそれぞれに問いかけた。

答えたのはクレだ。

「だから、その、バリバリの規律によって縛られている学園に愛の少女がやってきて、これが滅法強くて、次々と教師を倒していく、とか、何だったか、そういう話だ」

「思い出したぞ、タイトル。『毬の音を聞け！』だ。捜してみろよ。どこかにあるかも知れない」

いうが早いか、イトウは本棚をごそごそやりはじめた。

クレもコイケもタガワも、同じように部室を引っ掻きまわした。

「あった。これだ。『毬の音を聞け！』だ」

予想以上に早くコイケが目指す脚本を、埃が積もって半ば紙屑のようなその本、ホチキスで閉じられた青いインクの本をみつけ出した。

皆、コイケに駆け寄った。

コイケはその脚本を声を出して読み始めた。

「場所、とある場所。時間、その時間。……闇の中に手毬歌が聞こえ始め、手毬をつく音がトングトングと聞こえる。〽～ひとつ　ひとりで泣く夜も、たしか、こういう歌だったよな」

そういう節の歌だった。それぞれは頷くと、コイケの後から歌い出した。

〽～ひとつ　ひとりで泣く夜も
ふたつ　ふたりで泣く夜も

みっつ　みんなで泣く夜も
なんで心が変わりょーさ
よっつ　世直し宵のころ
いつつ　いつかのあの人の
むっつ　むかしのあの人の
なんで思いが変わりょーさ
ななつ　なぐさみうさばらし
やっつ　焼け石水ひとつ
ここのつ　この世を思えども
なんで世界の変わりょーさ

歌い終わると拍手を交わして彼らはそれぞれ深く肩で息をついた。それから、それからしかし、思い出はまた沈黙を誘った。裏山から吹き下りてくる風が微かだけれど校舎の古い柱を軋ませた。そんな静けさに耐えられなくなったわけではないだろうけれど、ケンスケが平然を装って呟いた。

「あの芝居のエリゼは美しかったな」

そんなケンスケのコトバに、

「いつもエリゼは美しかったよ」

と、コイケが不満気にいい放つと、イトウは台本を閉じ、クレは胸のポケットから煙草を取り出して口に運び、タガワはジュースの缶を手のひらの中で転がして、またそれぞれ黙ってしまった。

次に、沈黙を破ったのはイトウだった。

「ここに来たら必ずエリゼのことを思い出すに決まってる。だから俺たちは今までここに来なかったんだ。そうだろ。あの日そう決めたじゃないか」

イトウは誰かを叱責していっているふうだった。

「ああ、その通りだ」クレがイトウにそう応えた。

「しかし、今日はどうしても、何がなんでもとはどういうわけなんだ。まさか、俺たちにエリゼのことを思い出させるために、ここに集めたわけじゃないんだろ」

イトウはあきらかに批難の意をケンスケに向けていた。ケンスケはそれを察して、ちょっと迷惑そうに、自分の吐いた煙草の煙を片手で天井に追いやってから、イトウに向けて逆に不満をぶつけた。

「おいおい、イトウ、ちょっと待て。まるで俺が今日の招集令状を出したような口振りじゃやないか」

「だって、お前じゃないのか、俺たちを集めたのは」

クレはイトウの弁に実に困惑、不思議そうな表情を作ると、タガワとコイケをみた。それから、もう一度イトウに振り向いて、

「あのさ、俺はてっきり部長だったイトウ、お前が集めたんだと思ってたぜ」

「僕もそう思ってたんだけど」ノボルがケンスケに追従した。

「冗談はよそうぜ」

その様子に、とんでもないといった顔をしながら、イトウは背広のポケットに大事そうにしまわれてあったらしい封書を取り出して、みんなにみせた。それには、クレもコイケもタガワも慌てたようだった。顔を見合わせると、皆、同様にある者は鞄から、ある者は紙袋から同じ封書を取り出したのである。イトウは声もなく、口を開けて「あっ」と驚いたふうだった。

暫く、唖然としたおももちで四人は封書を握りしめたままだったが、いち早く我に帰ったのか、イトウは封書から便箋を取り出すと、怪訝なおももちで文面を読み始めた。

「拝啓、夢うつつのうちに時は流れ、また夏の初めがやってきました。もう十年になります。如何お過ごしでしょうか。さて、この度はのっぴきならない事情で、西山高校演劇部七十年

度卒業生を招集することとあいなりました。あなたにも、お出でいただきたく筆をとっております。十年私たちは音信なく無沙汰していましたが」

ここまで読みすすめると、イトウは顔を上げて、茫然としている残りの仲間の表情を観た。

「同じものなのか」

イトウの質問に返事をする代わりにクレがつづきを読み始めた。

「十年の時の流れが私たちをいかように変貌させ、またそうしなかったか、あの思い出多き演劇部の部室で旧交を温めたく、また、どうしても解決しなければならない問題もありますゆえ、必ず、必ず御出席を賜りますよう。お願いいたします。敬具・ゆかりの者」

「ゆかりの者。このゆかりの者というのは誰なのかな」

コイケは猫のような背をますます歪めるように俯《うつむ》きながら、眉間に皺をよせた。

「ゆかりの者、ね」タガワが同じ疑問符をくりかえす。

弾けたのはイトウだ。「誰だいったい。冗談きついな」

ノボルは慎重な態度をくずさず「のっぴきならない事情ってのは何かな」そう、独り言のようにいって、文面のその部分を指で示した。

「どうしても解決しなければならない問題って何だ」

タガワは憤慨したような口調になった。

クレはイトウの封書を手に取ると、

「同じモノだな。和文のタイプ印刷、消印は、知らんなこんな所」

拳で額を叩きながら、しゃがみこんだ。

「ほんとにイトウ、お前じゃないのか。俺はそう思ったから、昨日お前にわざわざ電話なんか入れたんだぞ」

エイイチが疑った目をイトウに向けた。

「違う。断固として違うぞ。俺ではない」

それにはコウサクは猛然と反発した。

クレはむっくりと立ち上がると、

「いっとくがな、俺はこんな綺麗な文章は書けないぜ。いつも報告書提出で文句つけられてる国語赤点刑事だからな」

イトウから取り上げた便箋を突き返した。

「俺はてっきりクレか、さもなきゃコイケかが送ってきたんだと思ってた。俺だって、こんな女っぽい文章書けるもんか」そう、イトウは弁明した。

「女っぽい、なるほど、まるで女性が書いたような文章だ、たしかに。まてよ、和文タイプ、和文タイプ」

何を思い出したのか、コイケはようやく薄暗くなってきた室内を見回して、戸棚を物色し始めた。

「まさか」とクレは一笑したが。「捜してみるか」と同様に、散らかった部室を捜し始めた。

「なんだ、なんだクレ、コイケ。まさかお前らエリゼが使ってたでっかいタイプライターのこといってんじゃないだろうな」

「エリゼは台本を和文タイプで打ってくれたからな」

言うとタガワは部室の天井から下がっている蛍光灯のスイッチを入れて、捜索に参加し始めた。先程までのほの暗い太陽は、薄ぼんやりと灯る忌まわしい光の波長へと変化してしまった。

「そうすると、何かぁ。この招集令状はエリゼが出したとでもいうのか」

叩きつけるようなイトウのヒステリックな声に捜索の手が止まった。

「そんな、そんなことがあってたまるもんか」

イトウは机を叩いた。埃が蛍光灯の光りの下で薄く粉になって舞い上がった。

短い時間、狭い部室の簡単な捜索ではあったけれど、結局、和文タイプライターらしきものは姿を現さなかった。あの頃の和文タイプは半畳ほどの大きなものだから、みつからないワケがナイ。ここにナイのなら、旧式のものとして棄てられたか、誰かが持ち出したかにマチガイナイ。

「みんな、俺がやったと思ってんだろ。なんで俺がそんな、エリゼを騙《かた》って、そんなことしなきゃなんないんだよお」

イトウは、この泣き虫さんは、いまにも泣きそうな声で机に両手をついた。

「ひどいじゃないか、なんで俺がそんなこと」

ほんとうに泣きそうな気配を察したのか、ケンスケはイトウの肩に手を回すと、

「お前だとは誰も思ってやしないさ」

刑事が容疑者をいたわるときにいう常套の台詞を吐いたが、さて、何やらやっかいなことに自分たちが巻き込まれつつあることを、職業柄の勘というモノで感じてはいた。

「誰だ、こんな悪戯《いたずら》をしやがったのは」

イトウは封書を床に投げつけた。

コイケはもう一度便箋に目を通すと、

「ほんとにこれ、エリゼが僕たちに出したわけじゃないよな」

同じように便箋の文字を幾度か追っているタガワにいった。

「冗談じゃない」

エイイチは便箋に目を落としたまま、答えた。ケンスケはイトウが叩きつけた封書を拾う

と、二、三度ちりを払ってから、イトウの手にそれをもどした。

その様子をそれぞれが観ていた。みんなそれぞれ何か考えているようだった。ゆかりの者のことを考えていたのかも知れない。のっぴきならない事情というやつが何であるのかを詮索していたのかも知れない。

ケンスケは、あまりに安易にノコノコとここに出向いたことに対する自分の油断といったやつを悔《く》いているようにみえた。もっと疑ってかかって然るべきだったという顔をしている。しかし、手紙は、何かしら奇妙な強制力といったやつをもっていた。ありきたりの文章ではあるが、潜在的に持ち続けたこの十年の夢見の悪さといったやつに、脅しをかけられているような味がしたにチガイナイ。おそらく、とケンスケは考えた。イトウもノボルもエイイチも、心の底でエリゼのことと今度のこの招集令状を関係づけているようにみえた。

誰がこれを出したのか、自分はイトウがそうだといってみたり、イトウはその逆のことをいってはいたが、何れにせよ半信半疑であったに相違ないと思う。ケンスケは自分の背中が少し震えるのを感じた。何か、誰か、ここで俺たちを待っている者がいるのではなかろうか。声には出さなかったが、心の奥で呟いた。

コイケがいつになく興奮した口調で、沈黙から水面に浮かび出た。

「僕たちはエリゼの柩を花で満たして、火葬場までついていったよな。ほんとうは荼毘にふしたりしたくはなかったけど、この国の法律では死者は火葬だ。でも、その遺骨は天国に一番近いところに埋葬したよな。だから、エリゼは僕たちの心の中であの美しい姿のままで朽ちることなく眠っている、はずだよな。『日下部えりか、ここにやすらかに眠る。再び主の御国で会いまみえん』墓碑銘も僕はちゃんと憶えている。なのに、これは、誰が」

末だに和文タイプの印刷にこだわって、まるでその手紙の差出人がエリゼであるかのように語るコイケに、クレは苦笑して釘を刺した。

「おいおい、安っぽい怪談噺なら御免だぜ」

「しかし、誰かが俺たちをここへ呼び集めたことだけは確かだ」

タガワが苦渋の声でそういった。うむ、それは確かなことだ。とケンスケも頷いた。

「誰だいったい」

落ち着きを取り戻したか、イトウは封書を背広の内ポケットにもどすと、自問自答なのか、あるいはそこにいる皆に訊ねたのか、吐くように述べた。

「ゆかりの者っ」

クレはいいながら、もう一度心当たりを探った。そんなもの思いつくはずがない。

「何のためにだろう」

コイケが脅えた声で聞いたので、クレはこう返事した。

「のっぴきならない事情と解決しなくちゃならない問題のためにだろ」

「それは、何のことなのかな。この手紙をもらった時、不思議な気はしてたんだけど」

「どうする」タガワはそれぞれをみた。それぞれは、それぞれなりに苦慮、苦悶、苦難、不思議、謎、奇怪、理不尽、不安、不審、そんな文字の回り燈籠の中にあった。

「待ってようぜ。推測でいうが、いや、殆どこれはマチガイなくという確信といってもイイ、どうやら俺たち四人はここに、この場所に招待、もしくは招集されたようだ。と、すれば、主催者が現れるのを待つしかない」

ケンスケは大きく肩をまわして、深呼吸した。鬼が出るか蛇が出るか、こうなったら相手の出方次第だと腹をくくったようだ。

「主催者というと」とイトウが訊ねる。

「この手紙の差出人か」タガワもクレをみた。

「ゆかりの者さ。これは刑事の勘でいうんだが、もしかすると、十年前の謎が解かれるのかも知れないいな」

「謎、というと」再び、タガワはクレをみる。

「エリゼがどうして自殺しなければならなかったかという、この十年余り、俺たちを悩まし続けた最大の謎だ」

そう、〈最大の謎〉というものを彼らはこの十年余りの長きに抱え込んで生きていたのだ。

その時だった。扉の開く音がして、その主催者、ゆかりの者、招待状の差出人である者が本棚の向こうから化粧台を横切って彼らの前に現れた。

3

おそらく特別注文製であるに違いない、みるからに座り心地がいいと思われる布貼りの車椅子が、車輪を木造校舎の板の床に軋ませて彼らの前に現れた。単衣の上品な着物に身を包んだ小柄な婦人がそこに座っていた。襟もとも裾も一分の隙もなく着こなされている淡《あわ》い紫の夏塩沢《なつしおざわ》と羅の帯が、婦人の暮らしとその人柄を物語っているようで、車椅子に腰掛けながらも背筋に緩みのない姿勢は、観る者に緊張を強いるほどだ。

車椅子を押しているのは、あの巨漢ケンスケよりもまだ背が高い、端整な顔立ちの痩身の青年だ。

婦人は両膝の上に大事そうにちいさな包みを抱き、視線を彼らに向けようとはせずに、車椅子を止めるよう青年に合図を送った。その表情は何かを拒んでいるかのように硬く、眼差しは意を決した者のもつ涼しさにあふれていた。

車椅子を止めて、従者のようにその後ろに立った青年は、光沢のない茶色の、かたちといえば旧海軍の制服に似た詰め襟を着用していた。

そのまま額縁に入れて写真館のウインドウに飾られても不思議はない、隙のない美しさをともなった二人の出現に、ゆかりの者を待っていたそれぞれは、息を飲んだ。

婦人は腰をかけたままの姿勢で、出来るだけの敬意をこめて、ゆっくり四人の若者に頭を下げた。それから、身を起こすと初めて彼らの顔をまじまじとみて、それぞれの名前を一人ひとり丁寧に呼んだ。呼ばれた者が返事すると納得したように小さく頷いた。

「クレ　ケンスケ様は」

「私ですが」

「イトウ　コウサク様は」

「僕ですけど」

「タガワ　エイイチ様は」

「私です」

「コイケ　ノボル様は」

「はい、僕です」

ゆっくりと、吟味されているような点呼の間、ケンスケは、いや他の三人もまた同じであったかも知れないが、婦人の涼しい黒い瞳にどこか見覚えがあることを思ったに違いない。

「あの、」イトウが婦人に、貴方は、と問おうとしたが、

「日下部でございます」

察して、婦人のほうが早く彼らに自分の名前を告げた。

「クサカベ」タガワが喉を震わせた。

タガワと同様の疑問符は一様に残りの三人の脳裏をかすめたが、その氷塊はまたたくまに溶けた。『クサカベ』、その懐かしい呪文は、彼らが埋めた美しい記憶とその婦人とを結びつけたはずである。

「えっ、じゃあ」

クレが驚いていうと、

「エリゼ、いや、えりかさんの」

タガワが後をつづけた。

「はい。えりかの母でございます。皆様方には初めてお目にかかります。ミツコと申します。こちらはえりかの兄のトウジです。みなさまをお集めいたしました、ゆかりの者でございます。突然の御無礼、おゆるし下さいませ」

婦人はまた頭を下げた。それぞれは半ば唖然として、それから、慌ててとってつけたように婦人に深く一礼した。

「では、この招集、いや、手紙は」

ケンスケは手にしたままになっている例の封書を婦人の眼前に差し出した。

「はい、私が投函したものでございます。あのこが生前使っておりました和文のタイプライターで打ちました。お驚きになったでしょうね。でも、それが今日のこの日のためには一番よいかと思いましたから。あのこの葬儀には私、身体の具合を悪くして療養所にいましたので、出てやれませんでした。本来なら私が先に逝くところを、神さまは何を勘違いなされたのでしょう、あのこを先にお召しになりました。あの時は皆様方に大変御世話になったと夫が申しておりました。その夫も昨年逝ってしまいました。結局私とこのこだけが残ってしまったのです。それで、私、心を決めて、皆様方にそのようなお手紙をお出ししたのです」

婦人はいいながら、何か悔恨でもあるのか、視線を虚ろに床に落とした。

クレが訊いた。

「ココロを決めたと仰いますと、手紙にあるように『のっぴきならない事情』というやつですか」

婦人は頷いた。

「そうです。私どもはあのこが死んでから、この地を離れて今は北陸の小さな町に住んでおります。あのこが死んで十年を過ぎました。約束の十年でございました」

「約束のと、」

タガワがそう訊きかけた。婦人の言葉を聴きもらしたわけではない。『のっぴきならない事情』『解決しなくてはならない問題』につづいて現れた新たなメッセージに、タガワは少々困惑したのである。

「約束の十年とおっしゃいますと」

直截《ちょくせつ》、クレは訊ねた。

「皆さんはこれを憶えておいででしょうか」

婦人は膝の包みをほどいた。ニスで塗られた茶色のちいさな箱が姿をみせた。

「これはあのこの形見でございます」

形見と聞いて、四人はその小さな木の箱に視線を集中させたが、コイケがその小箱が何であるのか思い出した。

「ああ、思い出した。いや、憶えてます。それは僕たち四人が彼女の誕生日にプレゼントしたオルゴールだ」

「そうだ。四人で金を出し合って、買ったんだ」

「高校一年の三学期だったと思います」

コイケ、タガワにつづいてイトウも声を幾分か弾ませた。

「そうでございます。曲目はベートーベンのピアノ曲、『エリゼのために』ですわね。あのこはみなさんから、エリゼと呼ばれていたそうですね」

「ええ、そうです」

声を揃えて、四人は肯定した。

婦人は振り向くと、小さく頷く合図を送って、オルゴールをトウジに手渡した。その手が病のせいなのか、それとも別の興奮でなのか、少しではあるが小刻みに震えているのをケンスケはみてとった。

トウジは無言で発条《ぜんまい》をまいてそれを机の上に置いた。『エリゼのために』が空気に静かな振動を刻み始めた。婦人はその音色に追憶を重ねてしばらく項垂《うなだ》れていたが、やがて顔をあげて、四人が驚いて然るべき重要なことを口にした。

「療養所にいる私のところに、ある日これが送られて参りました。それからすぐにあのこは自ら命を絶ったのです。この小箱の中にあのこの遺書が入ってございました」

「遺書っ」

クレがまず驚きの声をあげた。

「エリゼの遺書ですか」

コイケも目を大きく見開いて婦人をみた。

「知らなかったな。遺言書があったなんて」

タガワはそういってそれぞれの顔を覗き込んだ。

「まったく、こいつは驚きだな」

イトウは、タガワの視線に応えてそういった。

しかし、婦人はさらに驚くべきことをいってのけた。

「これは、皆様に宛てて書かれた遺書でございます」

「僕たちに宛ててですか」

「そうです」

クレは親指で自分の胸を指すと、婦人に一歩近寄った。

「ちょっと待ってください。僕たちはそんなことは初めて聞かされました。つまり、ということは、そのエリゼの遺書を十年余りもの間、僕たちに知らせずに持っていらしたのは、何かワケがあるんですね」

「そうです」

「そのワケというのは何ですか」

「皆様方にお伝えしなかった理由でございますね」

「ええ、そうです。それから、今日、我々にそれを公開する、その理由です」

「それはあのこの願いでございました」

「エリゼの」

「エリゼの願いというと」クレの後ろから声を発して、ノボルは、ひどくワケがわからぬ顔をした。

タガワは懸命に自分の興奮を諌めると、ゆっくり、こう訊いた。

「彼女の意向なんですか」

「はい」

頷く婦人に、ケンスケは詰め寄った。

「わからないな。つまり、今日そのエリゼの遺言というのを我々に伝えようとなさっているのも、エリゼの意志なんですね」

「そうです。私はあのこが死んで十年目の今、何をして十年というのかは、それぞれに思いもございましょうけど、あのこが失踪し、自裁した骸となって発見され、荼毘に付されて墓石の下に眠ってから、冥途の旅を終えてを、それを十年といたしますれば、本日、皆様にお伝えせねばなりません。そうして裁きを待たねばならないのです」

「裁きっ」

「裁き、」

同じ文句が四人を次々に走って、最後にそれを口にしたタガワが訊ねた。

「何ですか、裁きって」

「文字通り、審判でございます」

「審判、と、いうと、誰かがここで裁かれねばならないんですか」

そう訊ねたのはケンスケだ。

「そのとおりでございます」

ケンスケは婦人の伏せられた眼差しを睨みながら思った。

――やはりそうであったのか。エリゼの自死の責任は我々、いや我々の中の誰かにあったのだ。もちろん、それは事の成り行きによっては自分かも知れない。この十年、思い出す度に寝覚めの悪い思いに襲われたのはそのせいなのだ。美しいままの思い出として残しておこうという申し合わせによって、不問にされたエリゼの自死の原因。それが何なのか、具体的にわからないまでも、やはり、我々に起因するところだったのだ。――

ケンスケは如何にも焦れったいといったふうを装って、婦人に詰め寄った。

「あの、ずいぶんと思わせぶりな、いや失礼、その、何か奥歯にものが挟まったようなそんな感じがはがゆいんです。何かそのエリゼの、いや、えりかさんの自死について十年目の今、我々が何かなさねばならない、そういう事情があるのでしょうか」

婦人はそのようなケンスケの態度を叱責するふうでもなく、あくまで感情を抑えた口調でこう述べた。

「まず、お聞かせ願いたいと思うのです。私はあのこの母でありながら、あのこのここでの生活を殆ど知りません。あのこが皆様方とどうやってここで過ごしたのか、それを少しお聞かせ願えないでしょうか」

それぞれ顔を見合わせたが、タガワがいいにくそうに、

「あの、母上様の前で失礼とは思いますが、僕たちはその」

そこまで口にすると、また残りの者の顔をみた。すると、ノボルが意外にも毅然とした眼で婦人をみつめ、タガワの後を続けたのである。

「エリゼのお母さん、僕たちは出来ればエリゼのことは語りたくないんです。エリゼのことは永遠の僕たちの秘めたる思い出にしておきたいのです。僕たちはそう決めたのです。あの日、エリゼが天国に召されてから、みんなで話し合ってそう決めたのです」

そのとおりです、とそれぞれは頷いた。しかし、婦人は彼らのそんな決意をまるで無視するかのように、挑発ともとれる質問を発した。

「皆様方はえりかの自裁の原因を何だとお思いでしょう」

これにはケンスケが苦渋に満ちて答えた。

「わかりません。わからなかったのです。あまりに突然で、我々にも、誰にも見当のつくことではなかったのです。しかし、しかし、いってみれば逆にその謎ゆえに、僕たちは彼女の

死をロマンとして心に留めおくことができたのです」

「その謎ゆえに、エリゼは今でも僕たちの心に生きているのです」

コイケはさらにそう付け足した。当時の演劇部にもどってお芝居の一幕でもやっているような歯の浮くようなせりふに聞こえはしたが、彼らは大真面目なのだ。

しかし、
本当にそうなのだろうか。きっとケンスケはまた自問している。我々の心の中に彼女の〔死〕はただ美しく留められているのだろうか。ワカラナイ。それなら、この背中に張りついた不安は何なのだ。

今度はタガワが婦人に詰め寄った。

「何なんです、エリゼの自死の原因は。十年もの間秘密にされ、今明かされねばならないその、原因とは何なんです。そして、その、私たちへの裁きとはいったい」

婦人は眼を閉じて、それからその眼をしっかりと見開いた。最早《もはや》、時は来たりなん。その眼が語った。

「どうか、これは真実のことでございますから、そのつもりでお聞き下さいませ。それは、妊娠でございました。えりかの自裁の原因というのは、望まぬ妊娠でございました」

婦人は着物の袖を絞るように握りしめた。

「ニン、」

「まさ、か」

「あの」

「あ、あの」

「そ、そ、」

望まぬ妊娠というコトバの鋭い一撃がそれぞれの脳天を貫いて、四人は震えた。そうして、薄く鋭い紙で心臓をつうっと切られるとでもいうのだろうか、そんな、辛く痛い沈黙が訪れた。

クレが虚ろに「本当ですか」と、やっと声を出した。婦人は黙って頷いた。

「真実なんですね」クレは今度は強くそういった。

「一切他言無用、私どもは誰にもその事実は漏洩《ろうえい》しておりません」

そうか、そうだったのか。ケンスケはもやもやの黒い霧の一点が晴れて、もう少しで何か核心がつかめそうなところに自分がいる、と、そんな眼をした。

コイケはもうまったく放心したような顔で「どういうことかな」というと、頭を掻きむしった。

「妊娠。エリゼが望まぬ妊娠」

エイイチも取り乱しているようだった。

「そんな馬鹿な。自殺の原因が妊娠だなんて」

コウサクのそういう声も震えていた。

「ですから、お聞かせ願いたいのでございます」

婦人の哀願するような声に、また暫し、空気のゆらぐような緘黙があったが、ケンスケが自分の考えにビクンと驚いて、次のようにいうと、今度は婦人が眼を伏せた。

「まさか、すると、その、この中にエリゼが身籠もった子供の父親がいるとでも、思ってらっしゃるんですか」

いうと同時に、ついに事件の核心に自分が触れたことをケンスケは悟った。そうか、これか。これが十年余りの間、自分たちにつきまとっていた妖怪か。ここへ来ることを拒んだ潜在的な恐怖か。

婦人は黙していた。

「馬鹿な」婦人の沈黙を責めるようにイトウは呟いた。

「嘘だ」エイイチも拳を額にあてた。

「どういうことかな」

コイケはあまりの事態にしゃがみこんでしまった。

「どうかお聞かせ下さい。およそ、いうなれば千年の樽に寝かせたあなた方の思い出を、私にもどうぞ一口分け与えてくださいませ」

婦人は眼を伏せたままで、たぶんそれは出来るだけの彼女の配慮なのだろう、沙翁の芝居に出てきそうな美文調の台詞を口にしたが、それに応じられるほどの余裕は誰にもなかった。

ケンスケは重く口を開いた。

「これは大変な同窓会になってきたな。千年の酒なんてもんじゃないぜ。そうだろ、この十年の間、エリゼとの思い出に泥を塗ったまま平気な顔で暮らしていた大嘘つき野郎がこん中にいたんだぜ」

その集合の中に自分自身も含めねばならないことをケンスケは自覚していた。まだはっきりとはみえないが、その不鮮明な霞のカーテンの向こうに、此度の因果を生む確率が誰にでもあったのだ。もちろん自分にもだ。それは何だろう。何だろう、その確率とは何だろう。何かがその記憶に蓋をしている。その記憶にいたることが出来れば、あるいはここで命を落とすような事態になったとしても、真実がみえてきそうな、そんな気がケンスケにはしたようだ。

タガワが「彼女の遺書には、身籠もった子供の父親の名前が記してあるんですね」と訊ねると、婦人は「そうです」と答えた。

イトウが訊いた。「しかし、それなら何を僕たちに話せというんですか」

「私はただえりかと皆様方とのことが知りたいだけなのでございます」

「裁きですか」タガワが今度は独り言のようにいったが、婦人はそれにも黙って、小さく頷いた。

「『のっぴきならない事情』に『解決しなくてはならない問題』か。そう、なるほどよくわかりました」

ケンスケはそう了解したようにいったが、ずいぶんな濁流に自分たちが投げ込まれたのを感じているのは痛々しいほどだ。

これは拷問だ。いや、まるで復讐ではないか。つまり話の流れを信ずるとするならば、エリゼの自殺の原因は望まぬ妊娠であり、この中に、とケンスケは残りの三人を気づかれずにみたが、この中にその、父親が。

何を知らせる合図なのか、遠くでチャイムの音が聞こえた。

そのどこか音程のあやうい鐘の音が終わった刹那である。コイケが何かに急きたてられるように早口で一気にまくしたてた。

「話します、話しましょう。僕はまったく混乱して何がなんだかわからない。しかし話すことは出来る。何を話そうかな。そうだ、初めてエリゼと出会ったときの事を話せばいいかな。

あの日、入学してまだ間もないあの日、僕たちは、それぞれが何がしたいかと思う意志などないままに、ここにこの演劇部の部室に勧誘されてつれて来られたのです。僕はクラブ活動などするつもりはなかったし、クレは柔道部からタガワはバレー部から誘われていたようですし、イトウは文芸部に入部するつもりだったらしいのです。ともかく僕たちはここに一列に並んで立っていました。僕たちの入学当時、演劇部には二年生はひとりで、三年生がわずかに二人いるばかりでした。三年生はたしか僕たちにこういいました。

なあ、お前ら、何でも出来るぞ。なにをしてもいい。ただ入部してちょっと演劇の真似事をしてくれさえすればいいんだ。何をやってもいい。えーとお前は、

そういって、一人ひとり名前を聞いていきました」

まるで当時のことを再現してみせるかのように、コイケはクレを指差した。ケンスケもその俄芝居に応じて、当時そのままに答えた。

「私はこういいました。クレです。クレ、ケンスケといいます。そう答えますと、

どうだクレくん、やってくれ、何をしてもいいんだ、とその三年生はいいました。だけんども、俺は、柔道部に誘われちょるし、と私がまた嫌がって答えますと、

柔道、やりたまえ、おおいにやりたまえ。しかし文武両道だ。柔道だけじゃ片手落ちじゃないか。なおも、詰め寄ってきました。私は、だけんども学問の方は学校ですりゃ、ええん

じゃないですか。まあ、そんなようなことをいったと思います。すると、いうじゃないか。しかしな、えーとクレくん、学校なんてものは、なかなか学問のしにくいところだぞ。高校なんてものは、大学の予備校だ。然るによって、ほんとうの学問をしようと思えば、それは部活動ということになるんだ。その点、わが演劇部はそういった教養を学ぶには最も適している。だからお願いするよ。

そういってその三年生は頭を下げ、次にイトウのほうに移りました。

イトウが、多少慌てて応えた。

「君は、ときかれたので、イトウ　コウサクです。僕は文芸部に行くつもりですから。そう答えました。しかし、

文芸、いいじゃないか。君、戯曲を書きたまえ。いや、小説でも詩でもなんでも書いていい。文芸部行ったってな、すぐには作品を発表できんぞ。つまらん理屈をこねる先輩が大勢いてな、ヘミングウェイの自殺についてどう思うとか、太宰とチェーホフは女の書き方がどっちがどうだと。こんなこと、わかるか。だけど、我々、我々はもう卒業するし、ここの二年生は辞めるらしい。つまり君らの天下だ。だいたい、ふつう文芸関係は新聞部だって新入生なんかには何も書かせてはくれん。せいぜい先輩の糞面白くもない作文をガリ版に刻むのが関の山だ。ところが、ところがだ、ここでならそれはすぐに出来る。すぐに作品を発表

することが出来る。そうして舞台だ。スポットライトがサアーッとくるぞ。どうだ、いいだろ、な。

と、しつこく勧誘されました」

今度はエイイチの番だ。

「ええ、この教室で、並んで立ってました。タガワ　エイイチですといいますと、

タガワくん、君はやれるよ。すぐにスタアというやつになれる。きっといい役者になれる。

素質がいい。俺の眼力は君の素質を見抜いた。君の表情は実にシャープで、エキゾチックだ。

だからもてるぞお。バレンタインデーなんかはチョコレートの大群が夢の中まで押し寄せる

ぞ。どうだと迫られたので、はあ、しかし、僕は芝居の経験はないですからとノラリクラリ

逃げました。そうしたら、誰でもそうだ。最初は誰でも初めてなんだ。エジソンだってリン

カーンだって最初から発明家や大統領だったわけじゃないだろ、な。

と、まあ詭弁なんですけど、可笑しいことをいう人達だなと、ちょっとココロ動きました。

そうですね、ええ、僕は確か、そういわれました」

「あの、コイケ　ノボルです。ぼくはクラブ活動するつもりはありません。そういうふうに

僕ははっきり断ったつもりだったんですが、どうも優柔不断に映ったらしくって、

コイケくん。青春だよ。貴重な三年間なんだ。人生七十年とはいうが、ほんとに面白い

のははじめの二十年だ。その中でもとりわけ楽しくバラ色に輝いているのが高校時代なんだ。若い感性と情熱を棒に振っちゃいかん。それにな、名前だけ、名義だけでいいんだ。来なくていい。加入してくれているだけでそれでいい。どうだ。青春だぞ。

と、胸のあたりをこつかれました。しかし僕たちは渋っていました。高校演劇なんて当時は笑い者だったんです。なんかとても恥ずかしいことだったんです。その程度の知識はありました。だって、芸人か政治シンパか、アトで知ってびっくりしたんですが、その当時、四国では高校演劇は禁止されていたそうです。いまだって自衛隊関係者は演劇活動は禁じられています。ですから、もう、からっきし、ハナからまったくその気はなかったんですが、そのときです。もう一人の三年生がエリゼを連れてここに入ってきました」

コイケはタガワに目配せした。タガワは頷くと、もう一人の三年生を真似た。

「その先輩はこんなふうにいいました。

おい彼女が入部してくれるそうだ。ああ、一年生諸君、諸君の仲間を紹介するよ。クサカべ　エリカくんだ。

こんなふうに彼女を紹介したのです」

「その時、まるで神の啓示にでも出会ったように、僕たちはみな一様に脳髄を電波のようなもので貫かれました。簡単にいうならば、僕たち四人は四人ともその女性に一目惚れ、恋をしてしまったのです」ケンイチが照れ臭くなるようなことを平気でいった。

「なんと表現したらいいんでしょうか。円周率の最後の一桁をかいまみたような、そんな感じです」

数学の教師らしいことをノボルはいう。

「可憐で清楚でしたが、その美しさに冷たさはありませんでした。しかつめらしく、そつのない希望が紺のブレザーを着てそこに立っていたのです」

エイイチが当時の気持ちを述べた。

コウサクも負けてはいない。

「そうです、よろしくお願いします。そういうと彼女は一人ひとりと握手しました。はにかみながら、しかし、楽しげに。僕たちはもう呆感《ぽかん》として、熱に浮かされた羊飼いの少年のように、入部届けに自分の名前を書いていました」

ノボルが続けた。

「新入部員が五人となって、クラブの員数の最低人員を満たすと、三年生は受験の準備に入るという理由で二人とも退部してしまいました。二年生もすぐに辞めました。演劇部は僕たち五人だけになってしまったのです。ああ、説明が遅れましたが、私たちの高校は部活の最低人数が五人となっているんです。それ以下の部活動には予算は出ないで研究会という扱いになります。で、えーと、五人は五人だったんですけど、さあ、困りました。僕たちは演劇の〈え〉の字も知らなかったんです。いったいここで何をすればいいのか、途方に暮れました。ところが、エリゼだけは演劇の経験があったのです。小さい時から教会に通っていて宗教劇の経験があったし、それに中学でも演劇の同好会にいたらしいのです」

ノボルはケンスケをみた。ケンスケはそれに頷いて、力説した。

「エリゼはいいました。演劇なんて知らなくてもいいじゃないか。自分たちが面白いと思うことを舞台にのせる、それを演劇と呼びましょう。私たちの演劇というものを作っていきましょう。そのコトバその声は、僕たちにとって天使の囁きでした」

天使の囁きとは、ケンスケに似つかわしくない表現かも知れない。でもケンスケは刑事だから『エンゼル・ウィスパー（天使の囁き）』と称されるある種の無痛誘発麻薬のことが念頭にあったに違いない。この麻薬についてのご高説を部活時代にみんなで聞いたことがある。ケンスケが刑事になったのは偶然ではなく、何となくその素養があったからなのかも知れない。

エイイチが後を続けた。

「ここは部室というより僕たちのたまり場になりました。二限めか三限めの休み時間にここによく弁当を持ちこんで、早弁したものです。もちろんエリゼも一緒でした。そういうところに彼女はまったく屈託のない女生徒でした。一緒に弁当のおかずを交換しながら、ここを食卓に囲んだのです。ええ、この机です。ここに弁当をひろげてですね、この椅子をまわりに並べてですね、ああ、エリゼがそれをみて、私たちは円卓の騎士ではなくて、食卓の騎士ねと笑っていったのを覚えています。何のことか当時の僕たちには分からなかったんですが。食卓の騎士とは、実に上手い比喩だと思いませんか。そうして、エリゼらしいウィットだと思うんです。そこで食卓の騎士たちが、いま考えていること、悩んでいること、腹のたったこと悲しいこと、を次々に話していますと、時間なんてのはあっというまに過ぎていって、議論に熱が入って、授業をボイコットしてしまったこともあります。そうやって僕たちの部活動は始まったのです」

思い出に拍車がかかって、ノボルは少し上気した頬で回想した。

「出逢いの春はあっというまに過ぎていきました。ともかく何か芝居を、舞台を、といっても講堂を兼ねた体育館でやる余興みたいなもんなんですが、僕たちは手始めに高校演劇向けの既成の短い芝居を一本上演しました。初めての経験でしたが、エリゼの指導が良かったのか、演劇というものが楽しいものであるということが、わかりました。それで、秋の文化祭にむけて何か本格的なオリジナルがやりたくなって、夏休みに合宿することを決めたのです。そこでちょっとした事件が起こったのです。それは」

ノボルは今度はイトウをみた。それぞれの出番を公平に準備しようという彼の心配りだったのか、事件のあらましを語ってしまうことへの躊躇だったのかは、判別がつかなかった。とはいえ、イトウはノボルのあとを続けた。

「場所は、県民青少年の村、三泊四日でした。その二日めの夜僕たちは馬鹿なことをして寝込んでしまったのです。誰が一番長く熱い風呂につかってられるかなんてガマン大会をしたのです。結果は四人とも湯当たりでひっくりかえってしまいました。エリゼはばかばかしいと笑いながら、それでも僕たち四人を看病してくれました」

今度はケンスケが進み出た。

「それは、そう、実に献身的な、そうして、あの、博愛にみちた看護でした。冷たい水でしぼったタオルをとっかえひっかえ、私たちの馬鹿な頭を冷やしてくれたのです。なにぶんまだ十代です。ですから、おおげさないい方かも知れませんが、僕は、この世に愛というものが、あるいは慈悲というものがほんとうにあるのだとそのとき思いました。みんなもそう思ったんでしょう。エリゼが風呂を使っているあいだに、誰からというでもなく、エリゼのことが好きだと告白しあいました。そうです、みんな若かったんです」

愛やら慈悲やら、吹き出してしまいそうな、またまたケンスケには不似合いの台詞だけれど、たしかにそんなこともあった。アドレッセンスだった、あの時代。

エイイチがこう、その逸話をしめくくった。

「そうすると、何だか僕たちはもう他人のような気がしなくなって、何だって一緒にやれる、そんな気がしたのです。もちろんエリゼにもそう告げました」

婦人は、トウジをちらとみた。それまで無表情に彼らの懐古譚を聞いていたトウジが、初めて目尻を緩ませて口を開いた。

「妹は、えりかはみなさんの告白になんと応えたのでしょうか」

コイケが嬉々としたようすで答えた。

「『ありがとう』といってくれました。それから『これでもうみんな大丈夫よ』そう励ましてくれました。そうすると不思議なことに、ほんとうにそれで身体の具合もすっかり良くなったのです。まるで奇蹟の治癒でした」

奇蹟の治癒もまた大袈裟だが、彼らのあいだでは、すでに妄想としての聖母マリアとクサカベ・エリカのイメージが重なってしまっていたのかも知れない。ほんとかよと思われる読者もあるだろうが、新・新宗教と称される日本の戦前戦後の新興宗教は、どれもこのような些細なことを出発点にしている。

トウジはその整った顔を少し上向きにすると、彼もまたその頃のことを思い浮かべているのか、

「妹は、合宿でとても可笑しくて素晴らしいことがあったといっていました。それはいまおっしゃった、そのことだったんですね」と、微笑んだ。

「他に、他にはどんなことがあったのでしょう」

一息、大きなため息をつくとおもむろに婦人が四人の顔を順にみた。

タガワはまるでハムレットを気取っているのか、眉間を険しくしながら車椅子の前を右往左往歩いて記憶をまさぐっていたようだが、彼らしいおだやかな顔にもどると、白い歯をみせた。

「文化祭のことを話しましょうか。あれも楽しい思い出ですから。文化祭ではイトウのオリジナルをやることになりました」

そのコトバを受けて、イトウは先程の台本の中から一冊、ごそごそとやったアト、埃のつもったのを取り出した。

「ああ、これです。ずいぶん拙い本です。悪魔に魂を売ってしまった男が悲嘆のうちに死んでいくという話でした。この男を自業自得として死なせてしまうか、何かで救ってやるかで、ちょっともめたことを覚えています。僕とクレは自業自得で死ぬラストがリアル、コイケとタガワは救ってやらねばテーマが通じない。二対二です。当然エリゼがどう考えるかに採決は委ねられました。エリゼはその男の最後を看とる役でした。エリゼは最後にこういう台詞を自分の台詞として付け加えました。えーと、こういう台詞です。この本にあるはずなんです。ああ、ここ、えーと、『もしあなたが絶望でいっぱいなら、私も絶望でいっぱいです』駄目だ。この先が破損している。どういう台詞だったっけ。誰か覚えていないのか」

たしかに、脚本のその先は破られていて、欠損していた。四人それぞれ、頭を抱えた。何か大事な台詞だったはずだ。何でそれを忘れたのだろう、バカだな。そんな目をしながら。

ところが、その台詞を諳んじたのは、イトウではなく、そしてタガワでもクレでもコイケでもなかった。

「『もしあなたが絶望でいっぱいなら、私も絶望でいっぱいです。後悔でいっぱいなら、私もまた後悔でいっぱいです。それゆえに、もしあなたがひと掴みの希望を持つのなら、私もまたひと掴みの希望を持つことができるでしょう』たしか、こうでしたね」

澱みなく婦人が諳じた。

コイケは「よく御存知ですね」と驚いて、不思議そうな顔をした。

婦人はそれに照れたように微笑んで答えた。

「お芝居を拝見したのです。後にも先にも、あなた方とえりかの芝居を観たのはあれだけです。えりかは毎日その台詞を家で練習しておりました。これでいいかしら、これではどうかしらと、私に意見すら求めて。私は台所でも、居間でも、何度も何度もその台詞を聞かされました。とうとう、今のように、諳んじていえるほどまでね」

「へーえ、気がつかなかったな。僕たちの芝居、観にきてくださすったんですか」

イトウのコトバに婦人はコクリと頷いた。

タガワが、その頃の観客のことを思い出しながら、また当時のことを述べた。

「六百人近くもいる在校生のうち、三十人ばかりでした。我々の芝居なんぞ観にきてくれたのは。しかし、そんな観客の数など問題ではなかった。僕たちは芝居というものが出来ること自体を喜びにしていました。それからは戯曲の内容も五人で考え五人で作ることが多くなりました。だいたいの構成ができるとイトウがそれを原稿に起こします。それからエリゼがそれを和文タイプで打つのです。衣装は古着を持ち寄って、エリゼに教えてもらいながら手縫いで作りました。五人で木工所のアルバイトをしては、ベニヤ板やら角材をもらってくるのです。エリゼも僕たちに混じって、角材の束をかついだんですよ」

ケンスケも同様に思い出して語る。

「春の新入生歓迎会、夏の合宿、秋の文化祭。その合間に年に一度高校演劇の大会が開かれます。地区大会に残ると県大会、それから地方大会、全国大会。リアリズム演劇の時代でしたからね、我々のような演劇はなかなか地区大会から先に進むことはありませんでした。それでも、一度だけ県大会までいったんです」

その時、クレのコトバに何か思い出したのか、イトウがぽんと拳で掌を打った。

「ああ、そうだ、あの時だ。めずらしくエリゼが審査員にくってかかったよな。あれは何の話だったっけ」

ノボルはさすがにそれを記憶していた。

「高校生どうしの恋愛についてじゃなかったかな。審査員の一人がヒロインの女子高生がふしだらだとか何とかいったんだ」

婦人はそのことに興味を示して、彼らに問うた。

「えりかは審査員に何といったんでしょうか」

その問いに四人はまた、重く黙ってしまった。審査員にどういう言葉でくってかかったのか、四人とも覚えていた。しかし、
思い出した手前の義務でも感じたか、ノボルが重い口を開いた。

「私だって愛している人がいます」

ケンスケは溜め息をついた。

「驚いたな、あの発言は。ひょっとするとエリゼはあのとき我々四人のうちの誰かと恋愛していたのかも知れないな」

「それが妊娠に」とイトウ。

ノボルはそれを聞くと、さっきまでの態度を百八十度転換して、吐き捨てた。

「やめよう。もういい。僕はもう話しません。これ以上は苦痛だ。裁くなら、早く裁いて下さい」

「いや、あの場合の〔愛している〕はそういう意味の愛ではナイと、つまり肉欲の愛ではナイと、俺はそう聞いたけどな」

ケンスケは話が『問題』にもどったことで、逆に落ち着きを取り戻したようだった。

「えっ、エリゼがそんなことといったのか」

と、タガワが初めて聞くコトバに少々の嫉妬を交えて、ケンスケに訊ねた。

「いや、直截エリゼから聞いたワケじゃナイさ。審査員のひとりが、確か、そんなふうなことをいってたんだ」

タガワは小首を傾げたが、とりあえず納得したようだった。そのことには触れたくないとでもいったふうに、ケンスケは婦人にコトバを向けた。

「あの、エリゼのお母さん。刑事根性で失礼な質問をします。勘弁して下さい。エリゼの妊娠は何ヶ月だったんですか」

「解剖所見によりますと、三ヶ月から四ヶ月」

「三ヶ月から四ヶ月か。とすると、やっぱり卒業記念にお別れドライブをした三月、あの夜か」

　そういってクレはしばし、考えに沈んだ。記憶はその重い蓋を開けた。彼はやっと事件の中枢に足を踏み入れたと思った。これが不鮮明なカーテンの向こう側にあった、我々の暗い夜だ。そう確信したのである。

「何があの夜なんだ」イトウがクレを睨んだ。

「逆算してみただけだ」

「逆算、ケンスケ、しらじらしいことというなよ。お前、じゃあ、まるっきり認めるのか、俺たちの中に、その、その」

　苦渋の色を浮かべるイトウを尻目に婦人が質問した。

「あの夜と申しますと」

　クレは三人の様子を見たが、切り出した以上、自分が話すべきだと思ったらしい。

「卒業して大学入試も終わり、春の休みに、我々はみんなでお別れのドライブをしようということになったのです。イトウと僕が運転免許なんか取得したもんですから」

　いうとイトウをチラリとうかがった。イトウはクレの目配せをみて、やや不承不承ながら、その日のことを話し出した。

「ほんの日帰りのドライブのはずだったんです。それがつい調子にのって、これでもうみんな離ればなれになるという感傷的な気分も手伝って、ずいぶん遠くまで行ってしまったんです」

それ以上話すのが辛いのか、イトウはいい澱《よど》んだ。仕方なくケンスケが話を続けた。もはや避けて通れないところに自分たちはやってきた。記憶はその最後のベールを取り払い、底に沈んだ真実をみせるに違いない。ケンスケは覚悟を決めた。

「ついてない時は不運というやつは重なるもので、道に迷ったあげく車はエンストを起こすし、おまけにひどい雨になりました。日はもう暮れてきますし、エリゼが気分が悪いといい出したので、仕方無く最寄りの空き別荘に不法侵入を決め込んだのです。季節はずれなのか、ほったらかしにされている金持ちの別荘です。電気もガスもきてなかったのですが、薪《まき》とロウソクはなんとかありました。そこでともかく暖炉に火を焚いて、とりあえず暖をとると、エリゼを先に二階の部屋で休ませ、僕たちも暖炉を囲んでそこで眠ることにしたのです」

そこまでクレがいい終わると、何か非常に気まずいことがあるのか、叱られた子供のような眼をして、四人は互いに牽制しあうように、またそれぞれ口を閉ざした。

「その夜、何かあったのでしょうか」

婦人は実に率直に訊ねた。

イトウが、もう仕方がないといった様子で震えた声をあげた。

「僕が悪かったのです。その別荘にあったウイスキーを持ち出して、飲もうと、みんなを誘ったのです」

クレがそんなイトウをかばうように、いった。

「いや、イトウに罪はありません。何しろ、三月とはいえ寒かったし、それにせっかくのドライブがうまくいかなかったし、みんな、酒というものを飲んでみたいという気になっていたんです。なによりも、これでエリゼともお別れになるということが、みんな辛かったんだろうと思います」

ケンスケにすれば、せいいっぱいのフォローだったろう。しかし、核心を避けては通れないと観念したのか、それまで俯いたまま黙っていたコイケが、ぼそりと告白めいてこう述べたのである。

「悪かったのは僕だ。僕があんな話なんかしなきゃよかったんだ」

触れられたくない傷痕に、彼らは一様に爪をたてられた。顔つきが薪が燃える炎の粗い粒子の中にいっそう暗く沈んだ。

外はいつの間にか雨だった。夏の終わりの不安定な天気によくある通り雨だ。しかし、その舞台効果は、彼らにあの日の夜のことを思い出させるに充分であった。

「あんな話といいますと」

遠慮がちではあったが、どうしても聞かねばなるまい、と婦人の声はそういっているように彼等の耳にとどいた。

コイケは唇を噛んで、いまにも泣きそうである。

「おっしゃり難いこと、なんですね」

と、婦人はいったが、そのコトバとは裏腹に、語気は、コイケの供述の続きを半ば強制していた。

「いえ、いいます」コイケは顔をあげた。

「実は、実は、エリゼに対して性的な欲望に苦しんだことを僕は、告白してしまいました」

そういって、コイケは膝からゆっくり崩れた。クレはそれをみると、いたたまれなくなったのか、コイケの肩を抱くようにして、婦人に顔を向けた。

「自然なことだったんです。十八才の健康な男子なら、誰だってそういうことはあるんです。ただコイケはアルコールの酔いも手伝って、そのことでずいぶん自分を責めました。普段はおとなしいコイケがみんなに自分を殴れとまで、いいました」

稲妻が部室を青く染めた。雨は一段と激しく校舎の屋根をうった。コイケはその効果音に急きたてられたかのように、潤んだ眼を婦人に向けて、唇を歪めた。

「僕は、こう、いいました。ええ、あの夜、いったことはいまでも憶えているんです。一言一句ここで述べることが出来ます。いまになっても時々悪夢にみるのです。

みんな、聞け。僕は汚らわしいやつだ。僕は自分の夢の中で何度も何度もエリゼを抱いたんだぞ。みんなは僕のことをおとなしい羊だと思っているだろうけど、ほんとうはそうじゃない。僕は飢えた狼だ。いやがるエリゼを押さえこんで、それから、それから、動物のようなことをするんだ。そして、次の日、湿って汚れた下着をこそこそと隠れて洗濯する。断罪せよ。諸君、コイケノボルを断罪せよ。

こうです」

イトウは感情をあらわにすまいと、無表情を作っていた。しかし、冷たい汗はその額から頬へ流れていた。エイイチは荒く息を何度も吐いた。クレはチッチと舌を鳴らしてしきりにうろついた。

「みなさんは、コイケさんをどうしたんですか」

と、婦人が訊いた。

「殴れるわけありません」タガワが答えた。

イトウは両手で覆うように顔の汗を拭うと、

「俺もそうだ。と、いいました。裸のエリゼを思い浮かべて、日に二度も三度もマスターベーションしたことがあることを、告白しました」

そういって歯軋りの音を聞かせ、さらに続けた。

「僕だって、あの夜の告白は一字一句記憶しています。僕は、こういったんです。コイケ、よくいったよ。普段は大人しくて、どちらかといえば影の薄いお前が、コイケ、お前はほんとに勇気があるんだ。俺も、なあみんな、コイケを殴るなら俺も殴ってくれ。俺はコイケの妄想よりもっと悪質だ。俺はな、写真部の知り合いに頼んで、こっそりエリゼの写真を撮ってもらったんだ。体育の時間、ショートパンツを穿いてのバレーボールの授業だった。その一枚の写真を見て俺は、多い日には一日に二度も三度もエリゼを汚したんだ。俺は最低の男だ」

ケンスケはさすがにノボルやコウサクのように取り乱してはいなかったが、大きく息を吸って彼らと同様のことを口にした。

「私も告白しました。

コイケやイトウを殴れるわけないだろ。俺もいう。夜遅く、部室でエリゼと二人きりになったとき、俺はエリゼに襲いかかりたくなる衝動を抑えるのに苦しんだ。エリゼがひとり、机に向かって和文タイプを打っている。その襟足を黒い髪が撫でている。正直にいおう。俺は下腹部を熱くして、歯軋りに震えた。思わずグランドに飛び出して、犬のように吠えながら全速力で走ったよ。そういうことが一度や二度じゃなかったんだ。

こうです」

「僕もみんなと似たりよったりです。ですから、僕も自分の醜さをみんなと同様に告白しました。僕のもお聞きになりますか」

タガワの申し出に婦人は首を横にふった。雷鳴がした。あの夜の疾風怒濤が彼らの脳裏をかけめぐるのを助長するかのように。

「みなさん、青春でいらしたんですね。若くて、若くて、イチバン純粋に苦しい人生の時間ですわよ、青春は」

婦人はそれぞれの告悔を聞くと、慈しむコトバをもって返した。

しかし、その夜の事件はそれだけで終わったわけではない。それをケンスケは付け足して述べた。

「そのうち、我々は酒でふらふらになって眠ってしまいました。しかし、もし我々の中に、その妄想を現実のものにした不埒な者がいたとしたら、その夜二階で眠るエリゼを不法に訪れたのに違いないでしょう」

不法であったかどうかは、推しきれないが、ケンスケは自分が一人でそうっとエリゼの眠る部屋を覗いたことを思い出していた。何故、部屋の中まで入らなかったのか、理性がそれを押し止めたわけではない。みんなもう寝てしまったと思ったのだが、エリゼの部屋には人影があったのである。実際にそれがエリゼ以外の誰かであったのか、それともただの枯れ木の影に脅えただけなのか、それは定かではなかったが。その後、暖炉の傍で眠れぬ夜を過ごしていると、また誰かが階段を上がっていったのを覚えている。それからまた酒を浴びた。目が覚めると、エリゼの部屋の前で自分はつぶれていた。記憶をまったくなくして。そう、記憶をなくしてである。

ケンスケは冷汗とともに背中が総毛立つのをおぼえた。

タガワが何か思い出したことがあるようにいった。

「そういえば、妙だったよなエリゼ。あの日車に酔ったとかいってたけど、次の日の朝も冴えない青い顔をしていたよな。それに、町にもどってみんなと別れるとき、エリゼは確かに妙なことをいったな」

「妙なことと、いいますと」婦人が訊ねた。

「『みんなごめんね』、こうじゃなかったっけ」タガワが答えた。

「ああ、そうだ。確かにそういった。『みんなごめんね』だ」

イトウもそのことに思いあたったらしい。

タガワは順繰りにそれぞれの顔に目を向けると、

「そうすると、やっぱりあの夜、エリゼの眠っている部屋にしのんでいった者がいるってことなのか」と、そういった。

ケンスケはいままで制御していたものを一気に吐き出すように、拳で机を殴りつけた。

「そうしてそれがエリゼを死においやった犯人だっ」

鈍い音をたてて、机の板が割れた。その怒りはもちろん自分にも向けられていた。自分がその犯人ではない証拠などどこにあろう。泥酔の夜、自分はエリゼの部屋の前にいたのだから。

「誰だ、それはっ」イトウが叫んだ。

「ここで俺たちがガタガタいってもしょうがないよ、イトウ。それはもうエリゼの母上が御存知のことだ。イトウ、タガワ、コイケ、俺は自身の潔白をここでは主張しようとは思わない。しかし、信じてもらいたい。そして、イトウやコイケやタガワ、みんなの潔白も信じたい。いま、俺にいえるのはそれだけだ」

たしかにそれだけしかいえることはなかった。ケンスケは肩を落とした。

それを聞くと、タガワも「俺も、自分を弁護はしない。しかし信じてもらいたい。そして、お前たちを信じたい」と述べた。

「俺もだ」とイトウも。そして「僕もです」とコイケも。

クレはそれぞれの意思を確かめるように頷いて、婦人にいった。

「さあ、エリゼの母上。いって下さい。エリゼの遺書に誰が自分を死においやったと書いてあるのか。誰が、あの夜エリゼを凌辱《りょうじょく》したのか。だれがエリゼに望まぬ妊娠をさせたのか」

「皆様方は、その人をどうされますか」

婦人の問いに対して、雨粒の水滴が窓を流れるほどの時間、彼らは考えた。そうして、古に聖者を包んだ亜麻布のような結論をみつけた。修飾語を並び立てて表現すれば、彼らの煩悶の結果はそんなふうになるのだろうか。彼らの表情に穏やかさがもどった。

「許します」

「許します」

「同じです」

コイケ、イトウ、タガワの順でそう答えた。

「俺もそうだ。俺たちはエリゼのもとに一心同体だった。その〈彼〉の罪は僕たちすべての罪だ。この四人のうちで誰かに裁きが下るなら、僕も同じように裁いてもらいたい」

最後にクレがそう、いった。

四人が出したその結論を聞くと、婦人は俯いて涙した。それまで押さえていた感情が堰を崩れて、嗚咽《おえつ》が一気に迸《ほとばし》ったのだ。

「あなた方は、そこまで深くえりかを愛していらしたのですね」

婦人はしばらくハンカチーフを目頭《めがしら》にあてて、うなだれていたが、やがて振り返ってトウジに合図を送った。

トウジは頷いて再びオルゴールの発条を巻くと、蓋を開けてエリゼの遺書を取り出し、それを母親に手渡した。

オルゴールの音は教会の鐘のように大きく感じられた。

「皆様方のお心は、私、胸に深くしみてよくわかりました。皆様方は誤解をなさっているのです。どうか皆様、お聞きくだささい。皆様方は被告ではないのです。皆様方のどなたひとりとして被告ではなかったのです。皆様方は陪審員なのです」

「陪審員と、は」

クレが婦人の突然のせりふに怪訝な眼で問うた。

「どういうことかな」すかさずノボルも疑問符をたてた。

「お話をお聞きして、ほんとうに皆様方こそが陪審員に相応《ふさわ》しいのだとあらためて、よくわかりました。どうか皆様方でお読みくださいませ。えりかの遺言《いごん》でございます」

婦人はその白い細い指で薄桃色の封書を挟むと、クレにそれを手渡した。クレが中身を丁寧に取り出すと、あとの三人がそれを覗き込むようにして集まった。彼らは遺書を読みすすめた。そして、彼らは殆ど同時に、驚愕の色を浮かべて、婦人を見た。亡霊でもみつめる科学者といったところだろうか。四人とも、カッと眼を見開き、アッと声に出ない声を発するかのように口を大きく開いていた。

「『もしあなたが絶望でいっぱいなら、私も絶望でいっぱいです。後悔でいっぱいなら、私もまた後悔でいっぱいです。ですから、もしあなたがひと掴みの希望を持つのなら、私もまたひと掴みの希望をもつことができるでしょう』もちろん私はあなた方のお芝居を拝見したわけではありません。妹が、あなた方のエリゼが、自らの命を如何にすべきやと苦悩している際に、私にもらした一言がそれでした。しかし、私は、そのひと掴みの希望をすら持てなかったのです」

トウジが何もかも諦めた口調でそう、いった。

「トウジさん、」やっとクレがその名を呼んだ。

「裁かれねばならないのは、この私なのです」トウジは、いった。

タガワが、確かめるように声を出して、もう一度手紙を読んだ。

「母上様、もし十年余りを過ぎて、未だ四人の心のうちに私が美しく生きているのなら、この事実を彼らに知らしめて、私がみんなの思っているような女性ではなく、許されぬ情愛に身を焼いて滅んでいった、醜い女であることを知ってもらってください。そうして、私のことなど忘れ、人生を新しく生きてくれるようにお願いしてください。ああ、願わくば、どうか私をゆるしてくれるよう、そうしてお兄様を許してくれるように、懇願してください」

　クレがその後を続けて、読んだ。

「ケンスケさん、エイイチさん、コウサクさん、ノボルさん。私はあなたたちの愛情と友情に包まれながら、実の兄を恋するという誘惑に負けてしまっていたのです。きっと悪魔の誘惑だったのでしょう。兄がではありません。私の中に悪魔がいたのです。そして、人の道に外れたその報いをうけました。私は罰せられねばなりません。私は」

　そうしてそこまでやっとの思いで音読すると、搾り出すような声をあげて、この大男は泣いた。

「さあ、私を裁いて下さい。あなた方の大切な青春を、美しい思い出の日々を、呪わしいデーモンの潜む暗闇に変えてしまったこの私を。妹を死においやったばかりか、その葬儀の花に手を触れることも出来ず、身を隠して生きのびていた私を罰して下さい」

　痩身の若者は車椅子から手を離して四人の前に立つと眼を閉じた。

　すっかり外は夜だ。先程の雨はあがった。クレは軋む窓を開けた。イトウは頭を抱えてうずくまり、タガワは呆然と立ち尽くし、コイケは遺書から眼を離さないで、左右に首を振った。

4

空から地上へと雪がそれ自体銀色の光りを放ち、空は鈍色のホリゾント幕を思わせる。雪は生き急ぐように降っている。湖は北の山々から吹き下ろす荒く冷たい風に漣《さざなみ》をたてていたが、おおむね眠っているといってよかった。水面に落ちた雪はやがてそれを凍らせ、磨《すり》硝子《ガラス》の蓋を作るだろう。

校舎のそびえる丘陵は薄く白い化粧を施され、すぐ裏の山は綿のかたまりに姿を変え、人気の無くなったグランドは、いったい何に反射しているのか、こんな天気だというのに眩《まぶ》しささえ感じさせる。

名も知らぬ小さな鳥たちが、あるものは群れ、あるものは孤高に、雪のはざまを飛んでいる。見下ろす市街地はところどころに湯気のような煙のような一条二条の気体を、燻《くすぶ》らせて空に追い上げ、音もなく白い。ここの冬の景色は全く変わらない。そんな、何ひとつ変わったようすもない風景に包まれて、旧校舎だけがいまその姿を消そうとしていた。壊されて、新しい校舎が建てられるのだ。

あの日から、また十年余り、時は移ろい過ぎ去っていた。

そうして、彼らは再びここにやって来た。

前髪がずいぶんと後退したことをのぞいては、格別才をとったというふうには思えない巨漢のケンスケが、また一番に部室に入って来た。

「今度は二十年か。おぎゃーと生まれて、この高校を卒業したのがちょうど十八年ほど生きたあたりだから、それからさらに、もう一度それを繰り返して、まだおつりがくるだけ生きてしまったわけか」

扉が開いてイトウが入ってきた。ケンスケのコトバに生返事を返すと、もうすっかりかたずけられて、殆ど何もなくなった本棚に残されている書類の類を手にして一瞥し、つまらないといった顔をして、それをもどした。

「あっという間だったな。あっという間に三十八になってしまった。冗談じゃないぜ。ほんとうなら俺はいまごろ売れっ子の作家になって東京にいるはずなんだぜ。それがいまだにしがない私設の地元秘書だ。この頃の事件で、おやじたちゃ、株の売買のことはみんな秘書がやったことですなんていってやがる。ああ、そうだ。そういうことはみんな俺たちがやってやるんだ。それればかりじゃない、地元の有力者の子供の入学から就職の斡旋まで、俺たちがやってるんだ。中元に歳暮に、年始まわり。これでおやじが選挙でコケりゃ俺もただの失業者だからな。わりにあわない仕事だよ」

「外は何の工事なんだ」

「新築するんだとさ。ここはもうすぐ壊されるらしいな」

「そうなのか。よかったな、壊される前に集まることにしておいて」

「まあな。偶然だが、何かが俺たちに味方してくれたんだろうな」

「タガワとコイケは遅いな」

「ケンスケ、お前、刑事のくせに知らんのか。タガワはともかく、コイケは死んだよ」

「死んだ」

「癌だったらしい」

「水臭いな、どうして知らせてくれなかったんだ」

「俺だって最近聞いたのさ。本人の意志で葬儀は内輪だけの密葬だったらしい」

「そうか。死んだか。早いな」

「早くても遅くても、人間一度は死ぬさ」

　コウサクはいって、さらに度が強くなったらしい眼鏡を小指で動かした。

「女房子供はどうしたんだ」

「ほんとにお前刑事やってんのか。まったく無知だな。コイケはずっと独身の一人暮らしだったそうだ」

「独身か」

「今時三十八でも独身てのはめずらしくはないがな」

「お前はいるんだろ」

「何が」

「かみさんだよ」

「いつ失業するか分からん男が家庭なんか持てっかよ。それにな、俺はまだ作家になる夢を捨てちゃいないんだからな。ケンスケはどうなんだ」

「そろそろ身をかためようかとも思ってはいるがな」

　クレは煙草をくわえると、窓を開けた。棟の違う旧校舎の一角が、自然災害の後のように破壊されて、つもっていく雪もその傷を癒すための脱脂綿のようにみえた。

　扉の開く音に二人が振り返ると、タガワが雪をはらって立っていた。

「ああ、間に合ったな」

「エイイチ」ケンスケはくわえていた煙草を指にもどした。

「懐かしいな」相変わらずの屈託のない、タガワの笑顔がイトウとクレをみた。

「十年ぶりだな」

　さほど感慨もなくイトウはいった。

「コイケが死んだのは知ってるか」

まるで、いままでの話を聞いていたかのように、タガワがいった。

「ああ、最近聞いたよ」

「俺は今イトウから聞いた」

ケンスケは煙草を持った手で、イトウを指した。

イトウはほんとうにもう、すさんでしまったのだろうか、それが何なんだといわんばかりの口調で、

「ついこの間だったらしいけどな。若いと癌はひとつき待ってくれないらしいな」

と、自らも煙草をくわえた。

「最近、吸い出してね」

それから、ふてたように笑ってみせた。

「実は、昨日まで地方公演で長野を回ってたんだ」

そうタガワが照れ臭そうにいうと、イトウは大袈裟に驚いて、

「まだドサまわりの役者修行なのか」

タガワがフフと鼻で笑った。

「ああ、なかなか芽が出なくて。いや、それはいいんだが、ついでにコイケのところに寄っ

て、それであいつが死んだことを知らされたんだ。それで、御両親から俺たちに宛てたコイケの遺書を預かったんだが」

「遺書を預かった」

「コイケの」

「ああ。まだ開封してないんだけど、どうする」

「一応読ませてもらうか」

クレは煙草を床に落とすと、火を踏み消した。

タガワは封筒を出して、封をきった。

「読み上げるが、いいか」

「ああ」

「読んでくれ」

タガワは、ゆっくりとノボルの遺書を読み始めた。

「前略。タガワ、イトウ、クレ。僕の命はもうわずかしかないだろう。今度集まる日が十年ぶりにせまってきているが、僕はもう君たちとは会えないだろう。医者は本当のことをいわないが、僕は自分のことをよく知っている。僕は癌だ。かなり悪性のそれだ。そこで命つきる前に告白したいことがある。十年前、僕たちがエリゼの母上によって陪審員として演劇部の部室に招集されたとき、ほんとうは真実を話すべきだったのだ。エリゼを妊娠させたのは僕たちが裁いた、結局は十年で時効成立ということにしてしまった彼女の兄のトウジではなく、この僕自身なのだ。二十年前のドライブのあの日、別荘でのあの夜、君たちが泥酔して眠ってしまうと、僕はエリゼの眠っている部屋にしのびこみ、エリゼに自分のしたいことを伝えた。エリゼはそれを了解して、僕をむかえいれてくれたのだ。僕は……」

タガワはイトウとクレの様子をうかがった。

ケンスケは、弾けたように笑った。イトウも可笑しくて仕方がないといった顔をした。

「もういい。タガワ、もういいよ」

ひとしきり笑うと、ケンスケはエイイチにそういった。

「何故だ」

「それはノボルの嘘だ。というより死に至るものの願望とでもいうか」

「ああ、おそらくそうだろう」とイトウもそう答えた。

「うん。俺もそう思う」タガワもそういって、頷いた。

「実をいうとな」とイトウがいった。

「俺はあの例のドライブの夜、エリゼの寝室の前まで行ったんだ」

「いや、俺もそうだ」タガワが驚いてイトウをみた。

　そんな二人をみてケンスケは、

「俺は部屋の中を覗いたぜ」といってまた大きな声で笑った。

　なんだ、そうだったのかといわんばかりに、イトウもタガワも笑い声をあげた。ケンスケはまだ口許に微笑を残していった。

「ノボルのやつ、先にエリゼのところへ行くくせに、贅沢なやつだ。死ぬ間際になってエリゼを独占しようなんて、そうは問屋が卸さないぞ」

「そうはいかねえぞ」

　コウサクが、さっきまでとはうって変わって、明るい表情になると、そういって飛び上がった。

「ああ、そうはいかないよ」

　タガワは静かに苦笑しながらそういうと、窓の外を覗いた。

「ここ、壊されるのか」

「ああ。近いうちにな」イトウが答えた。

「もうここで会わなくてすむな」

「そうだな」クレが返事した。

　それから三人は古い小さな机のまわりに集まった。

「エリゼの仕事机だな」タガワが机に指で触れた。

そうすると無言でケンスケもコウサクも机に手をついた。そうして、しばらく慈しむように机を撫でた。


彼らは、まるで籤引でもしたように、あのドライブの夜、順序よく私のところにやってきた。私は何の抵抗もしなかった。そうなることを思し召しだとさへ感じた。妊娠するキケンはなかった。何故なら、私のお腹の中には、もう小さな命が眠っていたからだ。私は覚悟を決めていたのだ。しかし、彼らは私の寝顔を観るだけで、何もしなかった。


「タガワ、イトウ……」

ケンスケがエイイチとコウサクの名を呼んだ。

「んっ」

「いや、何でもない」ケンスケは首を振った。

雪はあどけなく、降っていた。ずいぶんの時間、彼らは私の机に触れていたが、もう話すこともないと思ったのか、タガワが頭を下げると、コイケの遺書を机の上に置き、教室から出ていった。イトウも溜め息を一つ残して去った。ケンスケはポケットを探っていたが、私とケンスケが部室で秘密で吸っていたマルボロを一箱机に置いて、「さよなら」と呟くと、背中を向けた。

　無垢な雪の中、三人の男たちが歩いていく後ろ姿がみえた。

　私は彼らにいった。

　サヨウナラ、サヨウナラ。

解説

岡野宏文

北村想の作品はこう見えてなかなか手強いのです。

もちろん、難解というわけではないし、ストーリーは受け取りやすく、誰の喉にも摩擦などみじんもなく、スルッと入り込んでくるので、そうか分かった、そういうことね、とひとまずは簡単に理解できてしまうのですが、でも、ここで皆さん一度落ち着いてください、いま観た芝居、もういっぺん振り返ってみるやいなや、それが「何の話」だったかがまるで分かっていない自分に気がつくのではないでしょうか。

これが唐十郎の場合なら、迷宮の中を妄想が突っ走っていくロマンチシズムにとことん魅了された、などの感想を抱けば、唐演劇の最初の門を、まずはくぐり抜けたと言っていい寸法になりますが、北村想とくると、外皮がやさしいだけに、そのやさしさに身をかわされるあまり、芯のところが分からないため、「何の話」か見て取れない状態が起きてしまうのです。

言うまでもなく、北村は「そう書いている」のです。

演劇批評の場では、折にふれ、北村演劇は「ヘソのない芝居だ」などとうそぶかれたりしています。

しかし、ヘソというのは普段私たちの生活の中で、隠して生活するものですから、恥ずかしさゆえに、北村もヘソは隠して芝居作りをしているのではないかとわたしは考えています。

つまり、含羞の人ではないか。

北村の愛する小説家太宰治と同様に、北村作品には含羞が漂っているのです。

たとえば、北村戯曲の代表作の一つと言われる『想稿・銀河鉄道の夜』について言い及ぶと、宮沢賢治の翻案と見せて、本当は「誰か大切な人はいつもひとりいない」というほとんど神様からの不条理なメッセージが私には読み取れました。

岸田國士戯曲賞を受賞した『十一人の少年』。ある批評家の方が「うらぶれた町への憧憬」とお書きになったとき、ああなるほどそれで解けた、と感じたものです。

北村はそれらのヘソに、『銀河鉄道の夜』のいくつものエピソードや、ミヒャエル・エンデの童話『モモ』、長谷川伸の時代劇『沓掛時次郎』などいくつものヒダを重ねて、エンターテインメントに仕上げてしまう卓越した劇作術もまた合わせ持っていることがまず間違いのないところです。

そうして、それらの折り重なるヒダのことを、芝居の世界では「趣向」と呼びます。早い話ですと、歌舞伎で披露される「宙乗り」や「本水」も趣向にあたり、いや外連ともいいますが、いずれにしろ、メインストーリーにオプションとして盛っていくことで娯楽性を高める、独特の方法になります。

ただ、『寿歌』というやっかいな敵が一つありまして、これはもう私にもなんの芝居だかいまだに途方に暮れます。皆さんはどう思ってこれをご覧になっているのでしょうか。核戦争後の終わってしまったある種の美しささえ漂う風景？　演劇という名のテキトーな芸能の原風景？　人類の終末に現れた神の啓示？　イヤー、本当に分からない。ちなみに、『十一人の少年』が岸田賞を受賞する前々年、『寿歌』は最終候補作に残ったのですけど、選を逃しています。当時は誰もこの作品の真価がほどけなかったのではないでしょうか。どなたかこの戯曲のヘソを教えていただけないものでしょうか。

さて、本書巻頭の戯曲『シラの恋文』の舞台は近未来のサナトリウムに設定されています。サナトリウムとは、肺結核の病者が入る療養施設でして、一九二八年にペニシリンが発見されるまで、結核は伝染病にして恐るべき死の病でした。罹患者はサナトリウムに入所し、日常生活を営みながら、しかし「緩慢な死」への歩みを余儀なくされたのです。

そこに繰り広げられたであろう絶望的なドラマの荒波が、たくさんの物語を生み出し、サナトリウム文学なる言葉まで生まれました。堀辰雄『風立ちぬ』、太宰治『パンドラの筐』、トーマス・マン『魔の山』などが代表作と言っていいでしょう。

そうした施設に日々暮らす患者には、おそらく、死への恐怖のドキドキと恋によるドキドキが心理的にすり替わってしまう、いわゆる「吊り橋効果」も生じやすいかと思われ、シラと小夜との電撃的な落恋も、そのためではないかとも感じられはするのですが、作者はこの恋を幼い頃から夢に見た人と運命的に出会ってしまったとか、星の巡りで予言されていた人物と巡りあったとかではなく、「輪廻邂逅」というなんだか超常現象じみた「趣向」を開陳して、量子力学なる、最先端にしてホンマかよと言いたくなる謎の科学で絵づけしてみせるのです。

量子力学とは何でしょう。物質の成り立ちを、分子、原子、原子核と不屈のタマシイで極小の世界に分割していくと、それ以上分割できない素粒子というやつに行き着いてしまいました。しまいましたというのは、この素粒子は、粒でありながら同時に波である、という私たちの現実からは想像できない性質を持っていて、さらに人が見ていると波で、見ていないと粒になっているなんて、ムチャクチャなキャラクターを表すのです。

人間を構成している物質の波が、時間も空間も関係のない素粒子の波になって宇宙へ散らばり、別の人間の波に干渉すれば、輪廻が呼び起こされる、と作者は言いたいのでしょう。

もう一つ、テンガロンハットの問題があります。シラはゴースト・ライターとして、対象者の懐に入り、その人の人生を生き直すという仕事を幾度も幾度も繰り返した結果、自分をなくした空っぽな、本当にゴーストになってしまった人物なのではないかと思います。その空洞を祖父から伝わったテンガロンハットが埋めていたような気がして仕方がありません。でも、現実の世界で決定的な恋に落ちたとき、その穴は地に足を着くことができた。ラストシーンでテンガロンハットだけが残されているのは、戦地から送られてきたのではなく、この施設を下山するときに、もう必要がないので置いていったものだとしきりに思われてなりません。

短編小説『エリゼのために』にも、幽霊の言葉が登場します。ミステリの構造を取った作品ゆえに、それがどこでどんなふうに展開されるかは、お知らせすることのできないのがまことに残念とはいえ、物語のありようを根元からひっくり返す重大な役割を担ったフレーズになっているのを、もうお読みになりましたか、これから読まれますか。死んだ子の年を数えるなんてことわざがありますように、死者の言葉は生きている者たちの時間を時に鮮烈に塗り替えてしまうほどの力を有しています。

ひょっとして読者の中には、本作と同プロットのホラーミステリコミック『切子』（本田真吾著）をご存じの方もいらっしゃるかもしれません。高校卒業から何年後か、得体の知れぬものから招待状が届き、数人が校舎に集まると、ある女生徒の畏るべき過去が次第に明らかになっていく。コミックの方こそスプラッターな場面に発展していくものの、その失われたひとりの女生徒についての記憶が、すり替えられていたことの明らかになるところに、両作の共通点があります。

我知らぬうちに作動していた記憶のすり替え、これが本作『エリゼのために』の真骨頂ではないでしょうか。すべてのミステリは、無意識に塗り替えられていた記憶の剥離として定着している、そんなふうに私は思いました。

いや、ホントはもっといろいろ書くことはあるのに、やっぱり、ミステリがゆえに、書かぬべしと縛られているのが歯がゆい限りです。

とはいえ、ここで書いたことにつまずかず、それぞれ稚気に富んだ、豊かな誤読もゆめゆめ忘れる事なかれ、です。

（おかの・ひろふみ／書評家）

『シラの恋文』　二〇二二年三月 執筆（シス・カンパニーへの書き下ろし）
『エリゼために』　二〇一五年十月 執筆（一九八九年発表の戯曲『エリゼのために』を小説化）

一冊必読人に寄す

万平ＢＯＫＳ発刊に際して

真理が万人によって求められることを自ら欲するごとく、狂気もまた万人によって愛されることを自ら望み、かくして正統に至る道標となるべく生まれてきた。

表現のあらゆる形態、〈音楽〉〈書画〉〈舞踏〉〈演劇〉〈文学〉などは、遠く我等祖先が、氷河期に穴居して、吹き荒れる嵐の中のあらゆる悪理、擬制、権力、暴力、恐怖、魔怪と闘わんがために、住処の暗闇の中に焚いた燃ゆる炎を囲んで、持てる微力を遥か宇宙の果てに届くまで、創造と想像、空想と発想によって膨張拡大せしめ、自らも燈明と心得おきて手に入れた、ヒトの持つ誇るべき「お宝」である。

鑑みれば、この「お宝」はいま、消滅、灰塵、忘却の危機に瀕しているといってけして大袈裟な嘆きではない。いまやこの「お宝」を悪銭の時代から奪い返すことは覚醒せる隣近所の切実なる要求である。捲土重来、如何にして成らんや。

もしいま我々が微力であるならば、いま一度祖先の如く洞穴の炎を囲み、微力とはけして無力ではナイということを、ココロに刻まれたゲノムの記憶に求めねばならない。

世界が戦争、飢餓、殺戮、暴動、さらに自然からの復讐の如き驚異に晒され、世間が義理人情をなくし、殺伐とした朝にうなされて目を覚まし、悪夢の夜をむかえねばならない今日、ポケットに入れた、ただ一冊、ポーチに仕舞いし、ただ一冊の読書はその悪霊と闘う力となると信ずるは愚かなる夢であろうか。それは毅然と死に立ち向かい、仁もって争闘する力と等しさを同じくするや否や。

おうよ、往くべき逝きもせよ。我等こそは風に吹かれる花一輪、ならば伝えよその姿を。

小説、随筆、戯曲、詩歌、詞謡、評論、文芸、哲学、社会科学に自然科学、もってけドロンジョン万次郎ならぬ、万平BOKS。

携帯に便にして価格ほどほど、その内容と外観のセンスをもって力を尽くし、芸術を好み知識を求むる士の自ら進んでその掌に握し、希望ひとつを胸にして、迎えられることこそ吾人の熱望するところである。

その性質上経済的には最も困難多きこの事業にあえて当たらんとする吾人の志を諒として、その達成のため一冊必読人とのうるわしき共鳴あらんことを切に願う。

二〇二三年十月

北村 想

著者｜北村 想（きたむら・そう）

劇作家・演出家・小説家。1952年生まれ。滋賀県出身。1979年に発表した『寿歌』は、1980年代以降の日本の小劇場演劇に大きな影響を与えた。1984年『十一人の少年』で第28回岸田國士戯曲賞、1990年『雪をわたって…第二稿・月のあかるさ』で第24回紀伊國屋演劇賞個人賞、1997年ラジオ・ドラマ『ケンジ・地球ステーションの旅』で第34回ギャラクシー賞、2014年『グッドバイ』で第17回鶴屋南北戯曲賞を受賞。現在までの執筆戯曲は200曲をこえる。また、小説『怪人二十面相・伝』は、『K-20 怪人二十面相・伝』として映画化されるなど、戯曲だけでなく、小説、童話、エッセイ、シナリオ、ラジオドラマ、コラムなど、多才な創作を続けている。現在は、主にシス・カンパニーに書き下ろしを提供しているが、加藤智宏（office Perky pat）との共同プロデュース公演（新作の、作・演出）も始動している。2013年『恋愛的演劇論』（松本工房）を上梓。2020年に第73回中日文化賞を受賞。

万平《まんぺい》BOKS《ボックス》 1《イチ》

シラの恋文《こいぶみ》／エリゼのために

発行日　2024年3月1日　初版第一刷

著者　北村　想

発行所　万平BOKS

発売所　松本工房

住所　大阪市都島区網島町12-11 雅叙園ハイツ1010号室

電話　06-6356-7701

FAX　06-6356-7702

編集協力　小堀　純

装幀・組版　松本久木

印刷・製本　シナノ書籍印刷株式会社

ISBN 978-4-910067-19-3 C0074